講談社文庫

デンデン　むしむし　晴れ女

星野知子

講談社

まえがき

きっかけが何だったか忘れてしまったが、私はかたつむりを集めている。でんでんむしむし、かたつむり

もちろん本物ではありません。置物やアクセサリー、絵、お皿など、かたつむりをデザインしたものをコレクションしているのだ。

ガラスや木でできた置物だけでも、百匹から百五十匹。飾り棚に入り切らないかたつむりたちは、部屋のあちこちで放し飼い状態だ。旅先などで買い求めたもの、知人からいただいたもの、それぞれが思い出深い。

さて、数が増えるにつれて、いろいろな情報も集まってきた。

かたつむりは、時と場合によってオスにもメスにもなれてうらやましいとか、アフリカマイマイという巨大なかたつむりは、レタスを食べる時にザクザクとすごい音をたてるとか、おかげでずいぶん生態にも詳しくなった。

中には、私が人生の象徴としてかたつむりを集めていると、勝手に解釈する人もいた。

「一生家付きの安定した人生ですな」

と、うなずく人。また、かたつむりの這った跡のネバネバの線を、

「しっかり自分の道を残して歩むということですね」

などと、こじつけてくれる人もいた。

かたつむりに思い入れなどなかったはずだが、私もだんだんその気になってしまい、ある時、

「かたつむりは決して後もどりをしない」

と聞いて、思わず感動した。

「そうか、のろのろでも後もどりしない前向きな生き方って、いいな」

そう思ったのだ。実は、かたつむりは単にバックできない不器用者というだけなのだが、そんなことはどうでもよかった。

私、かたつむりみたいに行こう！

ついにかたつむりが自分のように思えてきたのだ。

その私が、最近ちょっとふりむいてみたくなった。言うなれば後ろに残してきたネバネバの道を確かめたくなった、という感じだ。

テレビの世界に入ってずいぶんになるが、私は面白そうだと思うと、準備も勉強もなしに新しい分野に飛び込んでしまうクセがある。だから年がら年中、驚いたり、とまどったり、恥をかいたり、その繰り返しで今日まで来たようなものだ。かたつむりにしては少し急ぎ過

ぎだったかしら、とも思うが、好奇心に誘われるまま、あの道、この道、回り道、いろいろな経験をさせてもらった。

これまでは前しか見て来なかった。仕事のこと、私自身のこと、ふりむきたくなったのは、私がそんな年齢になったからかもしれない。

しかし――、本物のかたつむりはクルリとふり返ったりするのだろうか？　一度観察してみなければ。

歳時記 あちらとこちら

イラスト　星野知子

デンデン　むしむし　晴れ女

名前◆デビュー

親からの最初のプレゼント

路子《みちこ》――私の本名は、星野《ほしの》路子《みちこ》。

♪～みっちゃん　みちみち～と小さい頃からかわれた記憶があるような、ないような。みちこはどこにでもあるありふれた名前だ。美智子、道子、三千子……。世の中にみちこはたくさんいるけれど、路子でなければ私じゃない。そう、紙に名前を書いてしげしげ見れば、自分で選んだわけじゃないのに私らしさが滲んでいる。名前って、自分の分身のようなものだ。

路子と名付けたのは母だった。

普通、子どもの名前を決めるのは、出産の前後か妊娠がわかってから、気の早い人でも結婚してからだろう。

母の場合はそれよりずっと前、まだおさげ髪の女学生の頃には決めていたのだという。ということは私を生む十五年も前なのだから、気が早いなんてものじゃない。

「そりゃ、いくらなんでも早過ぎない？　それに男の子を生むかもしれないんだよ」

母からその話を聞いて私は笑った。その時私は中学生で、ちょうど母が私の名前を決めたのと同じ年頃だった。私は、自分が将来お母さんになるなんて想像したこともなかったから、母の気の早さがおかしかったのだ。

「いーえ、絶対に女の子だと思っていた」

　母はきっぱりと言った。なぜか自信があったのだそうだ。そしてその通り私が生まれ、迷うことなく路子と名付けたという。男の子だったらどうするつもりだったのだろう。

「男だったらお父さんが名前をつけるってことにしたんだけど、何も考えてなかったみたいよ」

　ということで、我が家は女の子でよかったのである。

「で、何で路子って付けたかったの？」

　私はちょっとドキドキして聞いてみた。急に自分の名前の由来に興味が湧いてきたのだ。

「それはね……」

　路子は山本有三の『路傍の石』と『真実一路』、二つの小説の題名から取った一字だった。

　そう聞いて私は、あ、そう、と言うだけだった。両方とも知らない本だったのだ。何だかむずかしそうな題名だ、と思いつつ、私はすぐさま本屋に買いに行った。二冊ともぶ厚かった。そして、こっそり読んでみた。何もこっそりじゃなくていいのだが、自分の名前に関係があると思うと照れ臭くて、大っぴらにページを開けなかったのだ。

『路傍の石』は、貧しさの中で母を失い、勉学をあきらめ、でも健気に生きようとする吾一少年の物語。

『真実一路』は、複雑な家庭で家族のそれぞれが真実一路に生きようとする姿を描いている。

当時の私には、小説の背景にある社会情勢や文学としての味わいなど、理解できなかったと思う。ただストーリーを追い、ところどころ涙して、一気に読み終えた。

そして、鼻をかんで落ち着いてから思った。

(名前負けしている……)

星野の路子ちゃんは、路傍の石のように蹴られても蹴られても、強くひたむきに頑張れそうになかった。真実一路に人生を歩むなんて、とてもできそうになかったのである。

これは大変だ……。私は自分の名前の重さに急にプレッシャーを感じたのだった。

しかし、そんな私に、母はこう言ったのだ。

「あら、読んだの、そうそう吾一っぁんのね、え、名前？　ああ、あれは『路』の字の形が好きでねえ、それにROっていう響きがいいでしょ、でも『路《ろ》子《こ》ちゃん』じゃ変だから『路《みち》子《こ》』にしようってね……」

私はこけた。てっきり、

「お母さんはあの本を読んで感動してねぇ」

と涙ぐむのかと思っていたのだ。

何だ、そういうことか、とちょっとがっかりした私は、同時にホッともした。大そうな意味や期待がこめられた名前は、私には重荷になるだけだ。まあ、ろこにならなくてよかったかな、とその程度に思うことにした。

名前は、「親が子どもに贈る最初のプレゼント」と言われている。星の数ほどある名前の中からたったひとつしか選べない。そして、たぶんその子に一生ついて回るのだから、親が我が子に名前を付けるのは一大事業ともいえる。

本屋に行くと、「姓名判断」や「子どもの名付け方」の本がズラリと並んでいるのに驚かされる。名前で運勢が左右されるとかで、やれ画数がどうのこうのと、名前選びも電卓片手で、という時代らしい。子どもの数が平均一・三六人という今の日本では、親も名前を付けるチャンスが一回か二回、となるとそれだけ力が入るのかもしれない。

昔、兄弟が七人も八人も十人もいた頃、名前の付け方ももっと単純だったようだ。長男は一郎、次男は二郎、あとは三郎、四郎、と続き、もう最後にしてほしい、という気持ちをこめて末吉と名付けた、なんてこともあったそうだ。ではその後に生まれた子はどうするか。仕方がないので「捨吉《すてきち》だ！」というちとかわいそうなお話もある。

女の子も、今ほど名前の数はなかっただろう。「ヨネさん」なんて聞くと相当なおばあさんを想像してしまうが、キク、トメ、マサ、ウメ、などなど、素朴な名前に味がある。

それに比べて今の子どもたちの名前は、何て多種多様で複雑なのだろう。昔の人には名前とは思えない「大洋《たいよう》」「海《かい》」「昴《すばる》」、男の子なのか女の子なのかわからない「ひかる」「悠《ゆう》」。まるでアイドル歌手のような派手な名前も今は当たり前となったし、将来インターナショナルに活躍してほしいという親の願いか「叶夢《トム》」や「安蘭《アラン》」といった横文字にできる名前も目立っている。

ちなみに二〇〇一年の調査（明治生命）では、新生児の名前のベストワンは男の子「大輝」、女の子「さくら」だそうだ。それに続いて男の子は「翔」「海斗」「陸」、女の子は「未来」「七海」「美月」となかなか複雑な名前が連なっている。

上位十位の中に路子なんてあるはずがないが、女の子だから〇〇子がつくという時代はとっくに過ぎ去ったようである。どんどん出てくる新しい名前の洪水に流され、私の名前ももうずいぶん古臭いんだなあ、と急に年をとったような気分になってしまった。

アメリカやヨーロッパでは、今も昔も聖書に出てくるような聖人の名をつけるのが主流で、日本のように五年や十年のサイクルで名前の流行が目まぐるしく変わるということはないらしい。

新しいもの好きの日本人らしい、というべきか。できるだけ個性のある名、人と違った名を付けようと、親が知恵をしぼって考えた結果のことだから、子どもに託す思いも強いのだろう。

ところで、私の知り合いにこんな名付け方をした人もいる。

五十代の男性。子どもが生まれた日が六月十日、時の記念日だったから、「チック」か「タック」にしようと思い、結局「卓《タク》」に決定。

四十代の男性。昔好きだったバーの女性の名前を付けた、「かおり」。もちろん奥さんには秘密。

平凡な名前でも恋わった名前でも親が呼びかけていくうちに、子どもが返事をしていくうちに、特別のニュアンスが加わって、その子らしい名前になっていくのかもしれない。

さて、中学時代に自分の名前の由来を一応知った私だが、大人になって改めて『路傍の石』と『真実一路』を読み直してみた。

そして、

「そうだったんだ……」

と、母が二つの小説から私の名前をつけた本当の理由がわかったのだ。

物語の情況設定は、母の子ども時代とよく似ていた。

母は八歳の時に、自分の母親を病気で亡くしている。その後、家庭的にも経済的にも恵まれた少女時代を過ごしたとはいえないのだった。

私が中学の頃は、そんなおいたちなど知らなかった。母がポツポツ話すようになったのは、ずいぶん後のことだ。

苦労した少女時代、二つの小説は母にとって単なる物語ではなく、自分を投影する特別の本だったに違いない。

「大人になって結婚をし、女の子を生んで路子と名づける」

おさげ髪の母の未来への希望を、今はおぼろ気に想像することができる。

運よく私は『路傍の石』の吾一少年のように、貧しいがゆえの屈辱や挫折にもあわず、『真実一路』の守川家のような、複雑な家庭環境でもなかった。まあ時代も違う。私はボンヤリのほほんと育ち、二十二歳、大学を卒業するまで星野路子という名で呼ばれてきた（当たり前だけど）。

それが社会に出ると同時に「知子」という芸名がつき、その名前がひとり歩きしてゆくのだから、名前って面白い。

二つめを持つ人

女性の場合、名字が変わる機会は、まず結婚によってだろう。日本でも、夫婦別姓が大きなテーマになってきたが、まだまだ時間がかかりそうだ。

名字が変わるというのはどんな感じなのだろう。これからの一生を共にしようと決心した人の名字だ。二人がひとつの名前になって生きてゆく。そこには多少のときめきがあるのでは、と経験のない私は想像していた。ところが久しぶりに会った友だちに聞いてみると、口を揃えて、

「えーッ、まさかあ」

と否定した。

「いくら好きでも名前は別よ」

何だかみんな一瞬目尻がつり上がったというか、一気にその話題で盛り上がった。名字が変わることは、夫の付属物になるみたいだし、結婚イコール夫の家の者になる、というニュアンスが濃いから嫌なのだそうだ。そして、みんな一様に結婚前の名字の方が素敵だったと思っているのだ。

「でもね、それだけならまだいいんだけど……」

と、結婚して六年になる友人が続けた。

「何年か経ってやっとダンナの名前で呼ばれるのに慣れてきたと思ったら、今度は『サッちゃんのママ』って呼ばれるのよ、名前で呼ばれなくなっちゃうのよ」

彼女の子どもは四歳で、幼稚園でのお母さん同士は「よっちゃんのママ」「コージくんのママ」と呼び合うのが普通なのだそうだ。

「私だけなのよ、竹田さん、とか小西さん、て名前で呼ぶの。でも誰も私がそうしていることさえ気がつかないんだから」

結婚前、彼女はバリバリ働いていた。それが、今は子どもあっての自分でしかない、という悔しさと、他のお母さん方が○○ちゃんのママに甘んじていることに、憤りを感じているようだった。

まだある。ダイレクトメールの宛名に夫の名前があって、その脇につけ足しのように「奥様」と書いてあるのもしゃくにさわるという。

「私だって名前があるんだから」

と本気で悔しいのだそうだ。

主婦がどっぷり家庭につかってしまうと、社会との関わりが少なくなって「私って何なの？」とむなしくなるという話はよく聞くが、自分の名前が消えてしまうのは、辛いことに違いない。

「その点、あなたはいいわよねえ、名前が名刺代わりだもの」

と矛先が私に向けられた。まあそう言われればそうかもしれない。でも、名前である先入観を持たれるのはあまりいい気分ではない。それは本当の私じゃないんだから、と説明したら、

「あら、それはぜいたくよ」

と笑われてしまった。内心、私は○○ちゃんのママなんて呼ばれてみたいと思っているのだが、彼女たちの前ではそんなことは言い出せなかったのである。

結婚以外で名前を変える人もいる。

人の運命など画数で左右されるはずがないと思っていても、気になり出すと気になるものらしい。

二十歳の時に名前を変えた友人がいる。本名は和枝だが、子どものころから病弱で、名前の画数を調べたら、縁遠く事故に遭いやすいというので、有紀子に変えたのだ。戸籍はそのままだから、書類やパスポートは和枝だが、家でも学校でも、ある日突然、有紀子である。

「やっぱり友だちに『今日から有紀子って呼んで』なんて恥ずかしくって言えなかったわよ」

と言う彼女は、名前を変えたせいかどうか事故にも遭わず、良縁にも恵まれた。

ただ、名前の変遷がややこしい。

正田和枝から正田有紀子となり、結婚して中岡有紀子、そして戸籍上は中岡和枝、である。

「今となっては、最初の正田和枝って名前を見ても、丸っきり別人のような気がするわ」

ホウ、そんなものかしらねぇ、何だかスパイ小説のように、いくつもの顔を持つ女みたいじゃない。見るからに人の好さそうな彼女の顔が、急に謎めいて見えてきたのであった。

謎めいたといえば、子どもの頃、近所にクリスチャンネームを持つおばさんがいて、不思議でならなかった。本名も変わっていて「ソイ」、白身の魚の名と同じなのだ（ちなみにお姉さんはカイ、だそうだ）。そのソイおばさんのクリスチャンネームが、何と「エリザベット・富沢《とみざわ》」。二つの名前には、あまりに距離があり過ぎる。私は家に遊びに来てお茶を飲みおまんじゅうを食べてるソイおばさんの顔を見ながら、「どうしてこの人がエリザベットなのだろう……」といつも気になるのだった。

ある日、おばさんが一枚の写真を見せてくれた。白黒の小さな写真には、おばさんの若い頃が写っていた。昔、教会で撮ったのだという。頭に白いレースを被り、両手を胸の前で組んで、おばさんはちょっとすました顔で何かを見つめていた。

ああ、エリザベットだ……。

私は、私の知っているおばさんの中から、違ったおばさんを見つけたような気がして、写真とおばさんを見比べた。

それ以来、おばさんがエリザベットだというのは納得したが、今までよりもっと謎めいた人に思えてきた。

おばさんは、ただのおばさんじゃない、私の知らないところで、時にエリザベットになるのだ……。

賛美歌の響く教会でお祈りをするおばさんの姿を想像すると、おばさんに近づけなくなってしまうのだった。

さて、結婚もせず、改名したわけでもない私に「芸名」なるものがついたのは二十二歳の時だった。

当時大学四年だった私が卒業と同時にドラマに出ることになったのだ。演技の勉強などしたこともない私が、いきなりNHKの朝のテレビ小説『なっちゃんの写真館』の主役に決まってしまったのだ。

それが確か十二月のことで、それから身辺にわかに忙しくなった。発声練習や打ち合わせ、それに大学の卒業試験も控えていた。

ある日、プロデューサーと話していて、

「……あ、そうだ、どうしますか？　本名でいきますかね」

　と言われ、私は何のことでしょうと、聞き返した。

「ホラ、女優なんだから、芸名をつけてもいいんだけど。でも、どっちでもいいですよ」

　プロデューサーは、口の中でホシノミチコ、ホシノミチコ、と繰り返してから、ま、いいか、似たような名前の女優もいないし……と、本当にどっちでもよさそうだった。

　さあ、どうしよう、そんなこと何も考えていなかったのだ。

　芸名といっても、自分が別の名を持つなんて変な気持ちだろうし、差しあたり本名以外に自分らしい名なんて思いつくはずがない。

　私は頭の中でザッと考えて、

「それはもう、このままで……」

　と言いかけて、いや、ちょっと待てよ、と思い直した。

　私は俗にいう「芸能界」という社会に入ることになる。一般に世の中の人は、芸能人は呼び捨てにしていいという風潮がある。それが気になったのだ。

「アッ、○○だ、あそこ歩いてるの○○だよ」

　原宿や青山あたりで、テレビに出ている人たちが指さされている場に、私は何度か出会ったことがあった。気付いた人は心の中でつぶやけばいいものを、たいていはわざと周りに聞こえるように声を出すから、他の人たちも目が行くようになる。

そんな時、私はチラチラと、でもしっかりとその芸能人を観察した。そして、

(へー、やっぱりきれいだけど、厚化粧だなあ)

(テレビで見るよりずっと小っちゃいんだ)

などという印象を、家に帰って早速話題にしたものだ。

「ねえ、今日〇〇が歩いてたの見たんだけどさあ……」

と、まるで何か珍しい動物でも発見したように。

それが今度は自分が呼び捨てにされる立場になるのだ。それは困る、と私は思った。身勝手なものだが、名前を呼び捨てにされると結構傷つくのではないだろうか、と急に心配になったのだ。

「親からもらった大事な名前を、通りすがりの人に呼び捨てにされてたまるか」

そして私は芸名をつけることにした。

今振り返ると、名前を変えることで未知の女優という仕事や、得体の知れない芸能界に小さなバリケードをはろうとしたのかもしれない。

しかし、いざ芸名を、と決めたはいいが、どんな名前にしていいかさっぱり思い浮かばない。芸名をつける理由が理由だから、基本的には何でも構わないはずなのだが、それゆえ困ってしまうのだ。ただ、名字も名前も変えると自分じゃないみたいだから、名字を残すことにした。そして、

「星野に続く適当な名前をみつくろってください」

そう関係者にゆだねることにした。

何日かして、一枚の紙が届けられてきた。走り書きで画数のいい名前の候補が十くらい書いてあった。今ではどんな名前があったか憶えていないが、確か「道保《みちほ》」というような、宝塚風の派手な名ばかりだった。いわゆる普通の名前は「知子《ともこ》」と「尚子《なおこ》」、二つしかない。「尚子」は、山田尚子という高校時代からの友人がいる。私が尚ちゃんになるのも困りものだ。

ということは「知子」しかない。じゃそれでいいね。よし、決まり、星野知子だ。

そんな風に、私の芸名はほんの二、三分で決まった。何せ時間がなかった。『なっちゃんの写真館』の制作発表まで数日しかなかったのだ。

制作発表の日、私は大勢の記者の前でギクシャクあいさつをした。

「こんにちは、星野知子です。よろしくお願いします」

初めて新しい名前を口にした。

ペコンとおじぎした後、急に笑いたくなった。ここにいるのは自分じゃない、誰か他の人のように思えたのだ。

たくさんのレンズが私に向けられ、次々にフラッシュがたかれる。

「こっち向いて」「笑って」

私でない私は、背すじを伸ばしてフラッシュを浴びている。そして私は、今までとは全く違う社会に一歩踏み出したんだ、と漠然と感じていた。

私は誰？

ある朝目覚めたら、自分が別人になっていた——。

なんてSF小説を読んだことがある。顔を洗っていつものように家を出ると、町で見ず知らずの人からあいさつをされる。友人に声をかけると「誰？」とけげんな顔をされる。一体私は何者になってしまったのだろう、というお話だった。

そんなことは現実には起きるはずのないことだ。でも、私は一時期それとよく似た奇妙な気分を味わった。

『なっちゃんの写真館』の放送が始まるとすぐ、私は町のあちこちで声をかけられるようになった。

「あら、なっちゃん！」「なっちゃんでしょ」

声をかけられる度に私はドギマギした。

私に向かってニコニコしている人を、私は知らない。でも、その人は毎朝私をテレビで見ているから、私をとても親しい知り合いのように思っているのだ。有難いことだが、不気味な現象でもあって、私はどう答えたらいいのかわからず、いつも困った顔になってしまった。

「なっちゃんでしょ?」と言われて、「ハイ、なっちゃんです」と急にドラマの中と同じ顔にはなれないのだ。特に横断歩道でボーッと信号待ちをしている時や、スーパーで大根を選んでいるような時はうろたえてしまう。かといって、

「私の役名はなっちゃんですが、芸名は知子、本名は路子です。今は仕事をしている時ではないので、私は路子の気分なのです。だから、なっちゃんと呼ばれても困るのです」

とわざわざ言い訳するのも変に思われる。きっと、とまどっている私はテレビと違ってあいそがないのねえ、と映ったことだろう。別にそう思われてもいいけれど、何だか「なっちゃん」という別人が私に乗り移って、本当の私は征服されてしまったような、空虚な感じがするのだった。

そのかわり、気にしていた「名前を呼び捨てにされる」なんて心配はいらなかった。道行く人にとって、私は「なっちゃん」でしかないから、星野知子だ、などと指さす人は誰もいなかったというわけだ。知子という名は、だからしばらく影が薄かった。

あるドラマで財津一郎さんとご一緒した時、財津さんは私をずっと「かずこちゃん」と呼んでいた。漢字で書いて「知子」と「和子」、似てないことはないから、きっと勘違いされたのだと思う。

財津さんは面倒見のいい方で、撮影の合間、新人の私に何かと声をかけてくださった。

「かずこちゃん、映画は好き？　ホラ、ジェームス・ディーンのあの振り向き方、いいねえ。フゥ、と力が入らずに振り返る、かずこちゃん、あれだよ……」

かずこちゃん、と言われる度に私はハイ、と返事をし、周りのスタッフも訂正する人がいなかったから、約十日間の撮影中、私はずっと「かずこちゃん」となった。

私にとってはたとえ「知子ちゃん」と呼ばれても、「へ？　ああ私のことか」てな感じの頃だったから、知子でも和子でも気にはならなかった。むしろ、ちょっぴりスリルを楽しんでいた。今日こそ財津さんは勘違いに気付くかもしれない。でもどうぞ気がつきませんように……と。私がかずこちゃんで返事をしてしまっている手前、途中から「実は知子でした」という顔はしづらいのである。

撮影の最終日、すべての収録が終わって、

「かずこちゃん、じゃ、お疲れ様！」

と財津さんが手を振ったとき、本当にホッとしたのだった。

そんな風だったから、知子イコール私、とピンとくるまでずいぶん時間がかかった。赤ちゃんが自分の名前を呼ばれて認識できるのは三〜六ヵ月頃といわれている。それに比べて私は何と順応性のないことか、知子という二つ目の名前が自分に馴染《なじ》むまで、結局三年ぐらいはかかってしまったのだった。

ひとえに私の生き方次第

仕事柄、大勢の人に会い、名刺をいただく。ある程度たまると整理するのだが、名刺からその人の顔が思い浮かばないことも多い。申し訳ないが、打ち合わせや取材などは一度に五人も十人もの人と会い、ほんの三十分程度で終わってしまうことも多いから、なかなか印象に残らないのだ。

ただ、名字に特徴があるとそれが話題になるから顔も憶えやすい。

例えば「場生松」という名前。名刺を手に取って、

「珍しいお名前ですねえ、何と読むんですか？」

と尋ねることで名前も顔も忘れない。そして、

「バショウマツなんて、ほんとにやっかいな名前で……」

「へー、どちらのご出身なんですか？」

と場生松《ばしょうまつ》さんとは名前の話題からスムーズに会話を始められるのだ。

珍しい名前、読みづらい名前の人は初対面の相手に強いインパクトを与える、これは仕事の上でプラスになるのだそうだ。「場生松」なんて一度憶えたら忘れられない。

でも電話となると大変なのだそうだ。相手に名前をわかってもらうのにひと苦労だという。

「私、バショウマツと申します。場所の場と書いてバ、生きるという字でショウ、松竹梅のマツです」

と説明しても一度で理解してもらえるかどうか、時間もかかる。場生松さんは、

「生まれてからずっとでしょ、もうめんどうで。普通の名前の人がうらやましいわ」

と嘆いていた。しかしそう言いながら、

「でも結婚するんだったら相手の名字は平凡なのは駄目、もう物足りないと思う」

とも言うのである。このあたりに名前に対する複雑な心理が表われている。さて場生松に匹敵するこってりした名前の男性となると――、出会うのはかなりむずかしそうである。

一方、平凡な名前でも同姓同名というのはやっかいのようだ。

こんなことがあった。

運転免許の更新に行って新しい免許証を受け取る時のこと。シンと静かな教室に私も含めて二、三十人が交付を待っていた。やがて係員が来ると、ひとりひとり名前を呼んで免許証を手渡していった。

何人目かで、

「サカモトさん、サカモトリューイチさん」

と呼んだのだ。教室の全員の目がハッと上がった。みんな息をひそめてチラチラ周りを見回す。すると、後ろの方から急ぎ足で出てきたのは、ずんぐりした背広姿の中年男性だった。

教室の張りつめていた空気はとたんに解け、「なあんだ、つまんねえの」という風に、みんな一斉に目を伏せたのだ。それは失礼なくらい、はっきりとした態度だった。

サカモトリューイチさんにも、その空気の動きは伝わっているに違いない。でも、さして気にした風もなく、免許証を受け取るとセカセカ教室を出て行った。

きっといつもそうなのだ。銀行でも病院でも、いつも名前を呼ばれる度に期待され、がっかりされるのだ。

ずんぐりしたサカモトリューイチさん、あなたは自分の名前をどう思っていますか？　と聞いてみたい。

「迷惑だ」のひと言かもしれない。「仕事ですぐ名前を憶えてもらえるから、得している」としっかり利用しているのかもしれない。

同姓同名。特殊な名前でない限り、人口一億二千万の日本では、同じ名前の人が何人かいても不思議ではない。

かくいう私にも、同姓同名がいるらしい。

以前、新宿で「星野知子の店」という看板を見つけた、と友人がうれしそうに教えてくれた。

「いつ、バーなんか開いたんだよ」

とニヤニヤしている。どうやら夜になると派手なネオンの灯る類いの店らしい。それがいかにも私っぽくなくていい、というのだ。

色っぽい女優だったら別だけど、星野知子という名に魅かれてフラフラッと一杯飲みに入る客がいるとは思えないから、客寄せに名前を拝借したわけじゃない、とその友人は断言した。たぶん、たまたま同姓同名の人が店を出しているんだというのが彼の推理だった。

「だからサ、本人が行ったらびっくりするよ。ひやかしに行こうよ」

と面白がっている。

バーのママの知子さん、一体どんな人なのだろう。私は会ってみたいような、恐いような気分だ。

同姓同名の人、顔も性格も違うに決まっているけれど、もし会えば、無意識に似ているところを探そうとするのではないだろうか。魅力ある人だったらうれしいし、嫌な感じの人だったら、やっぱりがっかりするだろうと思う。

芸名をつけて、もう十七年、私も少しずつ慣れて、いつの間にか自分の一部となって愛着を感じているのだ。

星野路子と星野知子。知子は社会の表に見える私。自分でイメージをつくったつもりはないが、「活動的で」「しっかり者」「まじめ」というレッテルを貼られているようだ。そんな知子を路子はちょっと重荷に思っている。そして、裏の方からフフッと笑っている。

「そんなにがんばらなくていいのにね」

と。

路子は頑固でなまけもので優柔不断、それに淋しがりやで泣き虫なのだ。今は知子と路子はいいパートナー、なかなかうまくいっている。でもいつか、仕事をやめて知子という名は消える日が来るかもしれない。ふとそんなことを思うと少ししんみりしてしまうのだ。

私が社会人になって自分で選んだ名前だ。「知子」が素敵な名前に見えるかどうかはひとえに私の生き方次第、なんて大げさかもしれないが、私の二番目の名前をしっかり育ててゆけたら、と思っている。

三つの小さな名前

鯛釣り星の運勢は

女性誌には必ずといっていいほど星占いのページがある。占いなんて決して信じない、と思いつつちょっぴり気になるもので、一応私の星、天秤座だけは目を通す。

天秤座は「愛想が良く優しいが、不精で怠惰」だそうで、そう言われるとそんな気もしてくるし、「天秤座と相性がいいのは双子座と水瓶座」と聞けば、あの人は何座だったっけ？と調べてみたくなる。

ある時、ふと思った。

どうしてこの星座が「天秤」に見えるわけ？

星図では、判りやすいようにいくつかの星を線で結んで形づくっているが、おせじにも天秤とは思えない。ゆがんだ四角に尻尾が付いたような形だ。他の星座もそうだ。牡羊座、水瓶座、魚座……どれも無理がある。誰がこんな形を決めたの？と腹立たしく思えてきた。

もともと星座の始まりは、今から五千年も前に、メソポタミアで羊飼いが空を見上げて星に名を付けたことからと言われている。その後、ギリシャの神話と結びついて今の星座ができあがったのだそうだ。だから十二の星座にはそれぞれストーリーがあって面白いのだが、その形も名前も、日本人の神話や生活感とはかけ離れているのだ。

例えば射手座は、心やさしく文武にたけた半人半馬ケンタウロスが弓を引いているところ。蟹座もただの毛蟹やタラバ蟹じゃない、かの英雄ヘラクレスの足を勇敢にもそのハサミでバキッと挟んだお化け蟹だそうだ（もっとも怪力ヘラクレスにはかなわずグシャグシャにつぶされてしまったかわいそうな蟹らしい）。古代ギリシャの夜空はまことにスケールの大きな物語がくり広げられていたわけだが、はたして現代のギリシャ人にも瞬く星は半人半馬やお化け蟹に見えるのだろうか。

同じ星でも民族によって異なった形に見えるのは当然だ。以前エジプトで訪れたセティI世の墓には、天井に独特の星座が描かれていて興味深かった。三千三百年前の北天図だ。そこにはカバの頭をした神やワニ、雄牛の尻尾につかまっている人（もちろんエジプト人）などが、自由に夜空を飛んでいた。古代エジプト人は、身近な動物や自分たちの神の姿を夜空に重ねていたのだ。

日本にも、昔から独自の星の呼び名がある。筆頭は「北斗七星」。大熊座の一部だ。こんな小さな日本列島でも地方によって「ななつ星」、「ひしゃく星」、「みずかけ星」といろいろに呼ばれている。

アルファベットのWを転がしたようなカシオペア座は「いかり星」とか「やまがた星」

で、なるほどねえ、とうなずける。

さそり座はS字型に曲がった尻尾が特徴だが、日本では「魚釣《うおつ》り星」や「鯛釣り星」と言われ、親しまれていたそうだ。確かに夜空に浮かぶ巨大な釣り針のように見える。広い宇宙を舞台に鯛を釣ろうなんて、威勢がいい。

日本の夜空には、日本の星座。いいなあ、グッと星たちと親しくなれそうだ。ついでに和風星占いなんてのがあっても楽しい。何だか信憑性がありそうだ。ただし、「今週の鯛釣り星の運勢は……」では、あまりロマンチックではないかもしれない。

野山の仲間たち

夏のお祭りに植木市が立っていた。

夕暮れ時にブラブラひやかしていたら、小さな鉢植えに目をうばわれた。華奢な茎と葉に三センチほどの真っ白い花を付けているのだが、その花の繊細なこと。

花の名は「サギソウ」。名前どおり白鷺《しらさぎ》が羽を広げて飛んでいる姿にそっくりなのだ。羽のところなんて花びらがフリルのように縮れていて本物の羽毛のようだ。

人工的に作った花じゃないの……？

私は疑い深く目を近づけたが、そうではなかった。自然のなせる技、こういうのを神様が遊び心でこしらえたというのだ。小さな花は、呼吸をしているように生き生きしていた。

それにしても、誰が付けたかサギソウという名前。見たままと言えばそれまでだが、花の、美しくもはかない感じがサギソウという響きにぴったりだ。

もともとサギソウは低山の湿地に自生している花なのだそうだ。この小さな白鷺が、群れをなして野原を飛び回っている景色は圧巻だろうな……とサギソウ本来の姿を想像してドキドキした。

私は野山を歩くのが好きで『草花図鑑』をポケットに入れ、時々いい空気を吸いに行くのだが、野草には趣きのある形と名前を持つものがたくさんある。

小さな釣鐘の形をした花をつける、ホタルブクロ。この花の中にホタルを入れれば確かに提灯のように見える。

ヤブレガサは、葉っぱの形が破れた唐傘そのもので、笑ってしまう。

木登りの名人、猿でもこの棘にひっ掛かったら逃げられないという、サルトリイバラ。

ネコジャラシは、猫だけでなく、友だち同士でくすぐりっこして遊んだものだ。

キツネノカミソリ、スズメノテッポウ、ホトケノザ、ヒトリシズカにフタリシズカ。

野山はこんな楽しい名前の植物で賑わっている。

誰が決めたわけではない、いつの間にかそう呼ばれるようになった草花たち。草花の名前には、自然と共に生きてきた日本人と野草との、素朴な関わりがほんわかと表われているようだ。

おかしな人間

日本で初めての新種発見！

名前は「ヤンバルクロギリス」

何のことかと思ったら、キリギリスに似た昆虫の新種が、沖縄で見つかったのだという。実際には十年ほど前に発見されていたのだが、やっと学会で認められ、名前が付けられたのだ。

なぜヤンバルクロギリスになったのか。

キリギリスに似ていて、体が黒光りしているから「クロギリス」。それに発見された沖縄本島北部一帯を示す「ヤンバル」をくっつけたのだそうだ。

ウーン、意外に単純な名付け方……。

しかし、名前のイメージは、なかなか野性的で強そうな感じである。

今後、数少ない新種として人間から大事に扱われることになるのだろうが、本人（?）にとっては、この名前がついたからって何ら変わりはない。ヤンバルクロギリスという名前なんて、あってもなくても関係ないのだ。

そう、モノの名前なんて、人間が勝手につけている記号にすぎないのである。

はるか昔、人間が言葉を持つようになった時、最初に命名したのは一体何だったのだろう。

想像するに、ほら穴に暮らし腰巻きを被《おお》っただけの人間が、ある日何かを指差して声にした。さあ、それは一体何でしょう……。

きっと自分の身近なモノ、生きてゆく上で大切なモノだったはず。

恐ろしい夜の闇から救ってくれる「太陽」だっただろうか。人間に絶対的な力を与えた「火」かもしれない。もしかしたら、自分のそばにいる愛する人の呼び名だったりして、などとロマンチックに思ったりもする。

まあ何だったにせよ、初めの頃は自分の興味のないモノには名前を付ける必要がなかったはずだ。

その後、人間の行動範囲は広がり、知恵が発達し、あれもこれもとモノの名前はどんどん増えるばかり。何十万年経った今も、人はまだまだ名前を付け続けている。ご苦労なことだ。

何せ地球上には、まだまだ人間の知らないモノがたくさんあるのだから大変だ。しょっちゅう動植物の新種が発見されるし、発展めざましいエレクトロニクスの分野からは毎日のように新製品が生み出されている。もう忙しいの何のって。名前を付ける人の苦労も思いやられるというものだ。

なぜ、人はすべてのモノに名前を付けないと気が済まないの？

それは、名前がなければ判別できないから。名前がなかったら不便だから。そのとおり。でも、どうもそれだけじゃない。人間は、世の中に名前のないモノが存在するのがたまらなく不安に思うようなのだ。名前を付けることで安心する。

「よし、これで我々が認識した、手中に収めたぞ」

とほっとするのである。これ、錯覚なんだけどな——。人間って変な習性がある動物なのである。

化粧◆女優

どうしたって化粧がヘタ

地球上で化粧をする動物は人間だけ、なのだそうだ。

あれ、そうだったかしら、と思いめぐらしてみると、絢爛豪華に広がる孔雀の羽根も、熱帯魚の鮮やかな縞紋様も、みんな持って生まれたものだ。鶏のとさかが赤いのも、パンダの目の周りが黒いのだって、彼らが好きで塗っているわけではない。

自然界の動物がみんな自前の美しさで勝負しているというのに、人間だけが着飾ったり色を塗ったりしているのは、少々情けない気もする。自分に自信があればそんなことをする必要がないわけだから、人間は潜在的に自分を醜《みにく》い生き物だと思っているのではないかしら、と疑ってみたくなる。

女性が自分を美しく見せたいと化粧し始めたのは、いつ頃なのか。古代エジプトでは目の周りに緑や黒のアイシャドウを塗っていた。ご存知クレオパトラも使っていただろう緑色は、孔雀石を砕いて作ったものだ。魔よけ、虫よけ、強い太陽の光から目を守る薬だったと言われている。本来の用途はそうだとしても、きっと女性たちは顔立ちやその日の髪型、衣装に合わせて、アイシャドウの塗り方を微妙に変えていたのではないだろうか。それが女心というものだ。エジプトの遺跡からは、クリームや口紅、マニキュアまで発見されているのだから、宮殿の女性たちは、かなりおしゃれをしていたのだろう。

ギリシャでも、身分の高い女性たちは穀物の粉で作ったパックをして、ミルクで洗い流していたのだという。今から三千年も前に、今と変わらないお肌のお手入れ法があったなんて、ちょっと信じられない。

その頃日本は、というとまだ縄文時代、お化粧とは縁がなかったとされている。わかっているのは、平安時代には白粉《おしろい》があったということだ。口紅は、江戸、元禄時代からつけ始めたという。

西洋と東洋ではお化粧の成り立ちや歴史が異なるが、女性の美への執念と努力は変わりないはず。女はいつの世もきれいでありたいのだ。

よく女の子はお母さんの留守中に口紅をこっそり塗ってみた、なんて経験があるらしい。それはイメージでいうと、少し寂しい夕暮れ時、薄暗い鏡台の前で息を潜めて紅をさすと、自分の顔が妖しい大人の女になってドキッとする……。

残念なことに私はそんな秘密めいた思い出はない。家に鏡台はあったが、思い出してみようとしても、母が日頃化粧をしていた憶えがないのである。

「あら、そんなことないわよ、あの頃だってがんばって高いのをつけてたのよ」

と母は見栄を張るけれど、小さな鏡台の上や引き出しは、メモ用紙やエンピツ、三文判やグリーンスタンプのシールなど雑多なものがいっぱいで、それらの陰に口紅が数本ころがっている程度だった。たぶん出かける時には白粉と口紅くらいはつけたのだろうが、家事に子育てに病弱の夫の世話にと、ゆっくり鏡台の前に座っている時間なんてなかったのだと思う。

そんな母と対照的に、いつもきれいに化粧しているJ夫人がいた。J夫人の家は、今から三十年も前の田舎町なのに、リビングにミニバーのコーナーがあるという立派なお宅だった。時々お互いの家を行き来する間柄だったが、ある時、小学校一、二年の私と三歳違いの妹と二人だけでJ夫人宅に遊びに行ったことがあった。

そこで「化粧ごっこ」をしたのが、私の化粧の最初の思い出だ。

J夫人の鏡台は、鏡が大きくて引き出しがいっぱいついていた。台の上は化粧水の入ったビンやらクリームがたくさん並び、引き出しのひとつを開けると、色鮮やかなマニキュアと口紅がギッシリ収まっていた。私は息を飲んだ。

（おばさんは何て頭がいいんだろう。こんなにたくさんの化粧品をつける順番をちゃんと憶えているなんて……）

J夫人を見上げると、白い顔はニコニコ笑っていた。そして、

「好きなのをつけていいわよ」

とやさしく言ってくれたのだ。

私と妹はがぜん張り切った。赤といっても何種類もの色がある頬紅を全部つけ、アイシャドウも青いのから緑のからいろいろ塗って、口紅は思いっきりはみ出してベッタリと。

そのうちお互いの顔の空いているところにも色を塗りっこして、ワーワー、キャーキャー、私たちの顔は抽象画のキャンバスとなった。もう妖しい大人の女どころではない。

さすがに塗る場所がなくなり、そろそろあきたところで、私たちは洗面所へ行った。さあ化粧を落とさなきゃ、と石ケンでバシャバシャ洗って、壁にかけてある手ふきのタオルで拭いたら、あれ！　タオルにファンデーションや頬紅、口紅がベッタリついているのだ。

鏡を見ると、相当に無惨な顔が映っていた。赤も青も黒もにじんで、私も妹も化物のようだ。化粧は石ケンだけでは落ちないなんて知ろうはずがない。びっくりした私は、置いてあったティッシュで顔をこすった。妹にも「ちょっと我慢して」とゴシゴシこする。

大量のティッシュはゴミ箱に捨てるとして、困ったのは汚れたタオルだ。私は化粧品のついた方を見えないように裏返して、こっそりタオル掛けに戻してしまった。真っ白だったタオルはあまりに汚くなって、とても正直に言えなかったのだ。J夫人は後できっと驚いたことだろう。ああ、今だに申し訳ないと思っているのである。

私が今も仕事以外では化粧をしないのは、この時の体験のせいかもしれない。あのタオルの汚れ、鏡に映った自分のドロドロの顔。

化粧って、気持ち悪ーい。

そういうイメージが私の頭の中に染みついてしまったのだ。

あまりいい出会いとはいえない化粧と次に再会したのは、高校を卒業して初めての夏だった。私の高校はもともと旧制中学で、当時ひとクラス四十人中女子は十人足らずだった。校訓は「質実剛健」という受験校だ。

女子が少ないからといって男子から大事にされた憶えはなく、男子生徒はみんな近くの女子高の生徒に憧れていた。彼らによると、「ウチの女子は女じゃない」ということらしかった。まあそれは間違っていない。私たちはやはり勝気で「男なんか」と思っていたところがあった。田舎によくある真面目な女子学生だったのだ。

高校を卒業すると、地元に大学のない私たちはみんなバラバラになり、それぞれの大学生活を経験して、夏休みに久しぶりに集まった。

なつかしいねえ、とそれぞれの顔を見渡すと、男子はおおむね変わりないのに、女子はガラッと雰囲気が違ったのが何人かいた。パーマをかけ化粧をすると、こんなに印象が変わるものなのか……。「蛍の光」を合唱してからわずか五ヵ月足らずですっかり都会的で女っぽく変身していたのだ。中でも小柄でおしゃべりのA子は、地味だった顔立ちが別人のように華やかになっていた。目はパッチリ大きくなったし、眉の形も細くカーブを描いている。どこかですれ違っても、口を開けなければ気がつかないだろう。

ただし、性格の方はそのままで、相変わらず早口でしゃべりまくった。どこどこのファンデーションの何番がいいとか、一重まぶたのアイシャドウの塗り方はね、とか、話題は化粧のことばかりだ。

「一度化粧をし始めるとね、もう素顔で外を歩けなくなるのよ。お豆腐一丁買いに出るのも化粧してからじゃないとね」

赤い唇をとがらして言う彼女は、目付きや話しぶりも何となく都会の女性風になっていた。化粧と東京暮らしが内面も変化させたようだった。

私はへーェ、とただうなずいて聞いているだけで、A子がずいぶん遠くに行ってしまったように思ったのだった。

ひとりになって、私だってと真剣に化粧をしてみた。洗練された大人の女性に変身、とまぶたに青いアイシャドウを塗って、口紅もクッキリと輪郭を描いた。そして、鏡に向かって目をパチパチしたり、すまして気取った顔をつくってみた。が、結果はケバケバしい下品な顔でしかなかった。

私は化粧が似合わないんだ――。

がっかりした私はそそくさと化粧を落とした。そして、新学期をやはり素顔のままで迎えたのだった。

でも、本当は化粧が似合わなかったのではなかったのだ。化粧がヘタだったのだ。それがわかったのは、その後しばらくしてプロのメイクさんに化粧をしてもらった時だ。

まさに使用前、使用後の違い。出来上がった私の顔は、艶やかで女っぽかったのだ。

(化けた……)

化粧って化《ば》けて粧《よそお》うと書くのね、とマジマジと鏡を見て感心したのであった。

写真で見るモデルや女優が実物よりきれいなのは、当たり前なのである。プロに顔をつくってもらい、しっかりと照明を当てて、腕のいいカメラマンが写真を撮れば、素材の三倍は美しく変身するのだ。実際これじゃ詐欺だなあ、と出来あがった写真を見て申し訳なくなる時もある。映像のマジックはそれは素晴らしいもので、撮られる私としては有難いのだが、ただ、ますます私は自分の顔は他人《ひと》まかせになって、いつまでたっても化粧がヘタなままなのである。

色気より食い気女優

忘れもしない、私の最初のセリフは、

「京ちゃんのおかげじょ、持つべきは友だちじゃね」

だった。

徳島の町は珍しく雪がちらつく寒い日だった。私はおさげ髪のかつらをつけ、女学生の制服を着て、吹きさらしの土手に立っていた。学校の帰り道、友だちと自転車を押しながら話す、というシーンだ。

寒さのためだけでなく、私の体はカチンカチンに固くなっていた。セリフは短いけれど、いろいろ決めごとがあって頭の中がパンク寸前なのだ。
①ゆっくり歩くこと。
②立ち止まる位置に石コロを目印として置いてあるが、下を見てはいけない。
③セリフを言うタイミングはカメラの脇にいるADさんが手を振って合図をしてから。それも目の端でさりげなく見ること。
④徳島弁のイントネーションを間違えないこと。

⑤瞬きはなるべくしないように。
そんなにいろいろなことを気にして、その上「楽しそうな雰囲気でね」と言われたって、顔はもう半泣き状態だ。

いざ本番、私はただ目を見開いて、恐ろしく早口でセリフを言い終えた。

(早く、トチらないうちに言っちゃわなきゃ……)

それだけだった。

何が何だかわからないうちに、そのシーンは終わった。ホッとしてため息をついたら、自転車のハンドルを握っている両手が痛いのに気がついた。リハーサルも本番も、ずっと力を入れて握りしめていたのだ。

私はこわばった手をさすりながら、

(演技をするって、何て大変なんだろう)

と一日目にして、もうくじけそうに弱気になったのだった。

しかし、私のは演技だの芝居だのいえるような代物じゃない。スタッフの方こそ、

(こんな主役で、大丈夫だろうか……)

とくじけそうになったに違いない。

「動く」と「話す」。日常生活ではごく自然に同時に行っているのに、カメラの前だと、それができない。洗濯物を干しながら、料理を作りながら話すなんて、日常意識せずにやって

いることが、ギクシャクしてしまうのだった。

食べながら話すということも、毎日繰り返し二十年も続けてきているのに、ハタと考えてしまうのだ。セリフを言わなきゃならないのに、いつ食べ物を口に入れればいいのか、いつ嚙《か》んで飲み込めばいいのか。

(だって、口はひとつしかないのだから、食べるとしゃべるは同時にできるはずがないじゃない!)

まるで不可能に思えてくるのだ。

最初のうちは、食事のシーンの度に、箸は持っていても食べるマネをしてやりすごしていたのだが、そのうち事前の準備が必要だということに気がついた。

まずテーブルに並んでいる料理を見渡してみる。何から食べることにしようか。簡単に小さくちぎれそうなもの、あまり嚙まずにすぐ飲み込めそうなものを選んでおく。例えば冷やっこ、豆の煮物、スープなど。さらに、コロッケなどはわからないように、一口大に切っておく。

間違っても、なかなか嚙み切れないタコの刺身とか、小骨が気になるアジの干物には手を出さないようにする。たくわんもポリポリと音がうるさいから対象外だ。

食べるものを決めたら、次は食べるタイミングだ。おイモの煮っころがしをパクッと口に入れたとたん私のセリフになる、ではまずいのだ。他の人がセリフを言っている間になるべく食べているように見せ、そろそろ自分の番という時に、丁度みそ汁などをゴクンと飲み終わるようにしなければならない。リハーサルで共演者と食べるマネをしてザッと段取りを決めて、本番になる。しかし、だいたいは計算どおりにいかないものなのである。

とあるレストランでのデートのシーン。フォーマルな洋服の男女がフランス料理を食べながら、ちょっと深刻な会話……。今夜のメニューはロールキャベツだ。私は二枚目俳優が静かに話す間、ナイフとフォークを使って優雅にロールキャベツを一口大に切ろうとした。ところが包んであるキャベツがなかなか切れない。（まずい……）と思いっきりナイフをギコギコやって何とか切れたが、ここでもう予定より遅れてしまった。

しかし何気ない振りをしてロールキャベツを上品に口に放り込む。と、今度はキャベツの端っこが口からはみ出してベタッとアゴにくっついた。

（しまった）と動揺するが、セーフ、私の顔はカメラに映っていない。素早く直せば問題ないだ。

すぐに切れ端を口の中に押し込み、にこやかにナプキンで口の周りを拭いた。そうしているうちによどみなく相手のセリフは進み、すでに終わりかかっている。次は私の番だ。私は口の中のロールキャベツを二、三度噛んだだけでゴックンと無理に飲み込み、グラスの水で胃に流し込んだ。

(よし、何とか間に合うぞ)

食道から胃にかけて重い固まりが下りてゆくのを感じながら、私は思いきり息を吸った。そしてすまして声を出そうとした、そのとたん、私はむせた。口の中に残っていたほんの少しの水が気管に入ったのか、一気にセキ込んだ。

ゴホッ、ゴッフォーン!

とても抑えられない豪快なセキだった。

ゴホッ、ゴホッ、スイマセン……。

NGである。

鼻の奥がツーンとして涙が出てきた。

(ああ、せっかく途中までごまかせたのに……)

化粧ははげるし、目は充血して、鼻も真っ赤。ひどい顔でとても撮影は続けられない。しばし中断となったのだった。今でもロールキャベツを食べる度に、あの時の涙が出るほどの苦しさを思い出す。

涙といえば、泣くシーンはドラマの見せ場だ。カメラがグィーンと迫って女優さんの顔がアップになったその時、ハラリと頬を一粒の涙が伝う、なんていうのはグッとくる。あるいはポロポロとあふれ出る涙をぬぐわずに立ちすくむ、というサスペンスドラマによくあるラストシーンも、感動的ではある。しかし、泣くべき時に涙を出す、これがなかなかうまくいかないものなのだ。

だいたい、人前で涙を見せるなんて、みっともないと思っていた。泣きたくても我慢する方法は子どもの頃から訓練してきたが、その反対はどうしても抵抗があるのだ。だから泣くシーンは嫌いだった。それでも不思議なもので、台本を読んでいるうちに感情移入してきて、スタジオに入る頃には泣きの気分が出来上がっているのだ。ただし、まだ修業不足。リハーサルでつい本気になって泣いてしまい、本番では涙が涸れ果て一滴も出ないなんてことがよくあった。

自然に涙が出そうもない時は、奥の手を使う。本番前にハッカ棒を目の周りにこすりつけるのだ。誰が考えたのか、こうすると演じているうちに目がスカスカしてきて涙が出るのだ。なんとたのもしい助っ人、と何度かお世話になったが、一度ハッカの粉が目に入り散々な目に遭った。スカスカするなんてものじゃない。ヒリヒリシパシパ、とても目を開けていられないのだ。

そのシーンは、愛する旦那さんとの別れの大事な場面。それなのに、私は後半ずっと目をギュッと閉じたままなのだ。そりゃ涙はボロボロ出るわ大泣きだが、愛する旦那さんの顔も見ずに「行かないで！」という妻もないものだ。「カット！」の声がかかって私は洗面所に走り込んだ。またまた化粧ははげ、目は充血、鼻は真っ赤、しばらく次の撮影ができなかった。それ以来ハッカ棒のお世話にはなっていない。

あるベテラン女優さんは、本番直前まで共演者とゲラゲラ冗談を言い合っていて、「ヨーイ、ハイ！」というかけ声の三秒後にツツーッと涙を流せるのだそうだ。またある美人女優さんは、横顔のアップの場合、カメラに映る片方の目からだけ涙を出せるのだそうだ。まるで手品師だ。自分の体の機能を自由に操ることができるなんて、そしてそれが仕事だなんて、つくづく女優って不思議な職業だと思ってしまうのだ。

泣くよりもっと苦手なのが、ラブシーン。若手の女優が「ひと皮むけた」なんて言われるのは、いいラブシーンを演じた時が多い。女優としての魅力を発揮する場でもある。でも、しかしだ。「初めまして」とあいさつをして、では、と突然抱き合ったりキスするなんて、おいおいかんべんしてくれよォ、というのが普通の感覚というものだ。何を言うか、当然女優は普通の神経のはずないじゃない。ということで、私も女優の道を歩み始めたのだからと、一度挑戦してみたのであった。

ラブシーンといっても、ほんの軽いもの、新婚旅行に行っていきなりキスされる、というだけのシーンだ。

やっぱりドキドキした。本人同士も照れているが、周りの大勢のスタッフも何かいつもと違う。スタジオにはいくぶん堅い空気が漂っているのだ。

相手はラブシーンもベテランの役者さんだから、そのシーンはとどこおりなく、一回でOK。私も意外に落ちついていて、正直、

（何だ、どうってことなかったナァ……）

と思ったのだ。

その後、チェックのため今撮った部分をスタジオにあるモニター画面で見るのだが、私は猛烈にドキドキしてきた。自分のキスしている姿を見るなんて、尋常ではない。

私、何やっているんだろうと、画面から顔をそむけたくなった。

と同時に、私の頭の一部はとても冷静だった。

（もうちょっと首を右に傾ければよかった）

（肩に置いた手に力が入り過ぎていたなあ……）

と反省しているのである。

そして、そんな風に思っている自分に気づき、ギョッとしたのだった。

女優になってから、無意識に自分や他人を観察するクセがついてしまっていた。食べ方、話し方、歩き方。日常生活の仕草にはその人の職業や性格が表われているものだ。茶碗の持ち方ひとつで、育ちが出ることもある。与えられた役の人間像をふくらませる時、ささいな動きや目付きは重要なポイントとなる。

女優になった以上仕方がないが、ついついそんな目で自分や他人を見てしまうことを、私はいつもわずらわしいと思っていた。

食べ方や歩き方ならまだいい。ラブシーンとなると……。

やめた！　と私はそれ以来ラブシーンはしないことにした。「大人の女優」に脱皮できなくてもいい、そういう部分を仕事にするのはやめることにしたのだ。

そう決めたことで、私は女優としてのチャンスをいくつも逃したし、幅も狭くなった。まあ、もともと色気がないことでは定評がある私だから、私のラブシーンなんて「見たくないヨ」と言われているだろうけれど。

さて、ラブシーンをしないとなると、恋愛ドラマは少なくなり、ホームドラマっぽいものが多くなる。ということは、食事のシーンが増えることになる。おかげで何年か経つうちに、苦手だった食べながら話す、というシーンは得意になった。やはり経験である。今では、たとえカニだろうとイカスミスパゲティだろうと、うろたえたりしない。ごはんにみそ汁、漬け物におかず、とまんべんなく食べ、しゃべられるのだ。それもちゃんと味わいながら演技ができるようになった。

スタジオでは「消えものさん」と呼ばれる調理係が料理を作るのだが、画面に味まで映らないのに、手を抜かずに美味しいものを出してくれるのだ。

私は食事のシーンが楽しみになり、スタッフからも、

「星野さん、本当に美味しそうに食べますねえ」

とホメられたりして、結構いい気持ちになっているのだ。

(そうよ、私はラブシーンをしない分、食事シーンに力を入れているのだから)

と、ますます色気より食い気の道を歩んでいるのである。

女はウカウカしていられない

テレビ局に入ってまず連れて行かれたのは化粧室だった。とにかく広い。一度に何十人も化粧ができるのだ。ガランとしたスペースは鏡の衝立てで区切られていて、冷たい感じがした。私はオズオズと、そのひとつの前に腰かけてみた。何だか居心地が悪い。鏡に映る自分と目が合って、妙に恥ずかしくなった。明る過ぎるのだ。天井の照明だけで充分だと思うのに、ひとつひとつの鏡の周りにも白い電球が付いていて、まぶしいの何の。光は前後の鏡に反射して飛びかい、化粧室は無機的な明るさに満ちているのだった。

朝スタジオに来たらまずはこの化粧室でメイクをしてもらうこと。ここが新米女優の一日の始まりの場所だ。

まだ『なっちゃんの写真館』の収録が始まる前、ポスター撮りの時から化粧室のお世話になった。

専属のメイクさんがテキパキと私の顔にスティックファンデーションを塗り、粉おしろいをたたく。十六歳の役だから眉を少々太くして、頬紅も口紅もほとんどなし、すぐに化粧は終わる。続いて結髪《けっぱつ》さんが、おさげ髪の半かつらをキッチリ被せ、ピンで止める。私は少しずつ女学生の「なっちゃん」になっていくのだが、その時もう二十二歳になっていた私は、若作りをしている自分を鏡の中で見るのが照れくさくて、落ち着かないでいた。

何気なく隣りの鏡に目が行って、エッと息を飲んだ。なっちゃんの旦那さん役の滝田栄さんが、そのりりしい顔にスポンジでファンデーションをのばしているのだ。さらにその隣りの鏡には、お父さん役の加藤武さんがいかつい表情で粉をパタパタやっているのが映っていた。武骨な指にパフをはめ、鼻の下を伸ばしてパタパタ、パタパタ……。

（男の人が、化粧してる……⁉）

私はショックを受けた。なに、そんなの当たり前、テレビに出る人は男だってドーランくらい塗るのよ、と今なら常識だけれど、男の人が化粧する姿を見たのはそれが生まれて初めてのこと、衝撃的だった。

「なんで、男の人でも化粧するの？」

と不思議でもあったが、それ以前にやっぱり男が鏡に向かってパタパタしているのは、異様な光景だった。

テレビや映画の場合の「化粧」は一般の女性がする化粧と違って、別に美しくなるためだけではない（女優は、私も含めてできるだけきれいに映りたいと思っているけれど）。ファンデーションを塗るのは、肌の発色を良く見せるためだ。カメラで撮ると、素顔では（照明や外光で）顔が照《て》かったりハレーションを起こしたりして、画面に映った時不自然な肌に見えてしまうのだ。自然に近い肌の感じに見せるために、ファンデーションを塗るというわけだ。

昔はその化粧も大変だったという。モノクロ時代、まだカメラの性能が悪かった頃、スタジオの照明は今の何倍もの光量でガンガン照らし、出演者は鉛分を含んだドーランを厚く塗って、カメラの前に立った。お面のような真っ白な顔は、肉眼でベタッと皮膚感がなくても、フィルムに映ると不思議に自然な色になるのだ。壁にしっくいを塗るが如き化粧をしなければならなかった当時の役者さんは、気の毒だった。顔に毒性のあるものをつけて強いライトに長時間照らされるのだから、皮膚にいいわけがない。俗に言う「ライトやけ」してしまうのだ。芸歴四十年、五十年のベテラン女優さんたちと共演した時、化粧を落とした顔を何度か見てびっくりしたことがある。長年のライトやけで、皮膚の色は沈んで血色が悪く、大きなシミだらけという人が多かった。

時代と共にカメラの機能やレンズの性能が良くなって、そんなに大量の照明を当てる必要はなくなった。今はごく薄化粧でも、自然な肌色に映るのである。それも撮影用の油性のファンデーションではなく、一般のリキッドファンデーションでもほとんど問題ない。特別な場合を除けば、世の中のナチュラル志向の流れもあって、映像用の化粧も一般のものとさほど違わなくなっている。

それでも、やはり素顔というわけにはいかない。

男優さんはスティックのファンデーションかパンケーキをチョイチョイと塗っておしまい、という人が多い。面倒くさいのだそうだ。

「テカらなければいいんだから」

と、塗り終わるとそそくさと鏡の前を去る。大多数は、しなくても済むものだったら化粧なんかやりたくないのである。

その一方で、かなり念入りに化粧をする男性《ひと》もいる。別にドギツい化粧を売りものにしているのではなく、いわゆる二枚目俳優さんが女性顔負けのテクニックを持っていたりするのだ。手鏡をグッと顔に近付け、ペンシルでアイラインを細ーく丁寧に引いたり、鼻筋をくっきり見せるためにダークなシャドウをぼかしたりと、自分の顔とにらめっこだ。そういう人に限って割に男っぽいイメージの役者さんだったりするのである。

「ナルシストでなければ、男優は務まらない」

とよく言われるが、本番前、手鏡に向かってニッと笑う姿を見てしまったりすると、ちょっと恐くなる。

男優にとって、化粧のしがいがあるのは時代劇だろう。

眉はしっかり黒々と、目張りは太くくっきりと。悪役の場合はまぶたにブルーのアイシャドウをひとはけすれば、不気味な感じに出来上がる。時代劇はちょっとくどいくらいの顔を作っておくのがコツである。それで、ちょんまげのかつらを被るとちょうどバランスがとれるのだ。いわゆる時代劇の顔になる。

時代劇でおなじみの男優さんがたまに現代劇に出ると、何だか印象が違うなあ、と感じることがある。それは化粧法や化粧の濃さが異なるからだが、それに加えて実は時代劇の顔にはちょっとした秘密があるのだ。

かつらを被る前には、羽二重《はぶたえ》という布で頭をすっぽりとくるむ。その時、ほとんどの人がこめかみを指でキュッと引っ張っておくのだ。そう、ちょっぴり上がり目になるように。そうしておいてかつらを被る、とキリリ涼やかないい男に化けるのだ。ほんの数ミリでも眉と目尻が上がると、人相も変わるものである。

女性の場合も同じで、私が初めて時代劇に出た時、結髪さんから「ハイ、こんな風にして」と後ろから突然目尻を引っ張られてびっくりした。

この吊るという行為は、単に見栄えがいいからという理由だけではないらしい。

時代劇専門の役者さんによると、

「ちょいと目尻を引っ張って羽二重でシュッと頭を締めると、気持ちも引き締まるんだよ。ホレ、運動会の鉢巻みたいなもんでね」

キリッと頭を締めて吊り目にした時に、よし、出陣だ！　と気合が入るそうなのだ。顔を作ることが、役柄と仕事へのスイッチオンの役割なのである。

しかし、この吊り目、心配もあるのだそうだ。

「そうやって毎日引っ張ってるだろ、それも長時間。だんだん面の皮が伸びてきたみたいでサ、羽二重を取るとダラーンとたるんじゃうんだよな」

と、こめかみのあたりに手をやって気にしていた。化粧を落とした後、自分の顔が間が抜けて見えるのだそうだ。

そう言われると、「桜吹雪」も「ご隠居」も、仕事を終えて「ハイ、お疲れさん」と帰ってゆく時、みんなタレ目の柔和なおじさんになっていた。

時代劇よりもっとはっきりしているのが、歌舞伎の化粧だ。あの独特の化粧も、役に入るための重要なスイッチなのだそうだ。練ったとのこを刷毛で顔に塗り、赤や黒の隈取りをつくっていく。化粧というよりデザイン画の作成のようだ。完成した時には、素顔は化粧の下に消え、現実の自分も消えるのだという。

どこの国でも民俗芸能の化粧はだいたいが派手で素顔が隠れてしまうものが多いようだ。

以前、インドの民俗芸能で、目の白目の部分を真っ赤に充血させる化粧法に驚かされたことがあった。踊りの始まる二時間前に赤い植物の染料を目の中に流し入れるのだそうだ。何だか痛々しいが、派手な衣装を身につけ、顔も青や赤に塗っているから、目もそれくらいに色をつけないと負けてしまうのだろう。大男が踊りながらギョロッと目の玉を動かすと、それはすごい迫力なのだ。私は化粧をする前の顔を見ていたから、何かがのり移ったようなその変わり様にゾクゾクした。

芸能とまではいかなくても、アフリカや南米の先住民には、祭りや儀式の特別の化粧がある。アマゾンで私が訪れた村のインディオは、普段は赤い木の実をつぶした汁で顔や体に様々な紋様を描いていた。それがいざ踊りとなったら、男たちは全身に炭のようなものを塗り出したのだ。顔からつま先まで真っ黒に塗り込める人、目の周りだけ黒くする人、胸に幾何学紋様を描く人、思い思いの化粧をほどこすのだ。そうしているうちに、男たちの目はギラギラ光ってきた。息遣いも荒くなってきた。黒い化粧が彼らを興奮させたのである。

どうも化粧に関しては男の方が美的センスがあるんじゃないか、という気がする。歌舞伎の隈取りは長年かかって男が作り出してきた化粧法だ。世界のあちこちに残る先住民も、顔や体に美しく化粧をほどこしているのは断然男が多い。自分の肉体をキャンバスにして自由に描き、それによって精神を高揚させる。人は本来男の方が化粧好きなのではないだろうか。

現代では、化粧をするのは圧倒的に女が多いだろう。きれいになるから、というのが大きな理由だけれど、お金をかけている割に、女の化粧はちっとも前向きじゃない、という気がする。

女はたいてい自分の顔にコンプレックスを持っているから、化粧はそれをごまかす大切な手段になってしまっているようだ。肌が荒れているからファンデーションを塗って隠す、に始まって、目が小さいから、顔色が悪いから、唇が厚いから、シワが目立つから、……といろんな欠点を補ってくれるのが化粧なのである。私も左眉が下がり気味で右眉は上がり気味だから、いつも気にして補整しているし、疲れると瞼《まぶた》が窪んでしまうから、夜になると少し明るめのアイシャドウに塗り替えたりする。そんな風に顔のマイナス要素をカバーすることが先決だから、チマチマとまとまって独創性がない。悲しいかな、女は自分の顔と化粧に縛られているのである。

日本ではここ数年で男性用化粧品がずいぶん売り出された。ひげ削りクリームや化粧水の類ではなく、ファンデーションや眉墨、頬紅なども。渋谷の街では、弓のような眉を描いた若者は珍しくない。中には引き締まった頬に見せるため、暗めのファンデーションを塗っていたりする。普通の男性が化粧をすることがそう特別なことではなくなっている。これを男の女性化とみなすか、それとも男の化粧が復活し始めたと思ってもいいのか……。

もともと女の専売特許ではなかったはずの化粧。男性にとっては長い空白の歴史があったが、そろそろ古代からの血が目覚めつつあるのかもしれない。男が化粧の喜びや面白さをおぼえると、その自由な発想がとんでもない美しさを生み出す可能性もあるのだ。

化粧が女の領分だと思っているのは今のうち、女はウカウカしていられないのである。

三つの小さな化粧

雪化粧

何がうれしいって、東京暮らしを始めて、冬に雪が降らないってことに胸が躍った。

東京は長グツがいらないのだ！

私の故郷は新潟でも雪深い地域で、どっさり雪が積もる。家を出る時はいつもズボンの裾を完全防水の長グツに突っ込んで、という重装備だった。いくらセーターやオーバーでおしゃれしても、足元がゴム長では野暮ったい。高校生の時、それがとても格好悪く思えて仕方なかった。

まったく、雪がロマンチックであるものか。

毎朝の雪掻きや屋根の雪降ろしの大変さ、くる日もくる日も雪が降り、お日さまの顔を見ない日が何日も続いたりする。雪は、どちらかといえば生活のやっかい者だったのだ。

東京に出て初めての冬、私は流行のブーツを買った。かかとが高くて滑らかな牛革だ。一度でも吹雪の雪道を歩いたら、後で染みになりそうなブーツ。私はそれを履いてスクランブル交差点を大股で渡った。雪がないって素晴らしい！　カツ、カツとかかとの音が響いて、私は都会人になったようないい気分だった。

二、三年経って東京暮らしに慣れたある冬の朝、やけに静かで目覚めると窓の外が白い。

私は飛び起きた。珍しく東京に雪が降ったのだ。

窓の外のいつもの景色。でもその表面だけが白く塗り替えられて、街は淡い水墨画のように落ち着いていた。

きれいだなあ。

私は久しぶりの雪にしばらく見とれていた。雪に見とれるなんて、そんなことは今までなかったから自分でも驚きだった。

雪化粧、これがゆきげしょうと言うのよね、と当たり前のことに気づき、何て風情のある言い方なんでしょう、としみじみ言葉を噛みしめた。

雪国に暮らしていると、むしろ雪には鈍感になってしまうのかもしれない。雪と離れたことで、私の目は雪の魅力に素直になれたようだった。

窓の下の道を、通勤する人たちが歩いていた。みんな緊張している。雪道に慣れていないのだ。中にはハイヒールをはいてヨロヨロと今にも転びそうな女性もいる。

ここに長グツがあれば、と私は急に残念に思った。外に出て、長グツで新雪を踏みしめることができるのに。サクサクと雪を踏むあの壮快感。

なぜだか、雪化粧の街に、長グツの裏の力強い波紋様を残したくなっていた。

化粧塩

テレビのクイズ番組でこんな問題があった。

「魚を塩焼きする時、ヒレなどに塩をつけることを何と言うでしょう」

若い解答者たちだったから、なかなか正解が出なかった。

「飾り塩？」「ふり塩？」――。

「化粧塩」というのはあまり一般的な言葉ではないようだ。

新鮮な魚だったらただ焼いただけでも充分おいしいが、そこに化粧塩をほどこすことで見た目はもちろん味まで違ってくるものだ。

鮎の塩焼きを見て「おいしそう！」と思わず舌なめずりする時がある。皮はほどよく焦げ目がついて、背ビレはキリリ、尾ビレはピンと立っている。そこに白い塩がカリカリッとまぶしてあって、鮎は今ピシャッと水を跳ねたように躍動感がある。

こんな焼き魚が出てくるお店は、味の方もはずれない。板前さんの腕が確かな証拠だ。化粧塩は塩焼きの決め手なのである。

自分でやってみてわかったのだが、化粧塩は単に塩をなすりつければできるというものではない。むずかしいのだ。私は魚は塩焼きが一番好きだから、どうせなら遠赤外線でと、狭いベランダに七輪《しちりん》を出して焼いている。ウチワでパタパタ火加減しながら網の上のアジやイサキを監視するのだが、それでも失敗する。

塩をつけ過ぎると、焼いているうちに尾ビレはボッテリと重くなってしまう。塩が固まって尻尾ごとポロッと取れたりもする。塩は焦げやすいからと、ヒレをアルミホイルで包んだが、どうも塩がベタベタしてうまくいかない。

ハイ、焼き上がり！　と食卓に出す時には、いつも魚はマヌケな姿で皿の上に寝ているのだ。

知り合いの板前さんに化粧塩のコツを尋ねたことがある。

「ただの慣れですよ」

と何でもないように言っていたが、そのニュアンスは、

「素人には簡単に真似できません」

と自信がのぞいていた。

どうせ食べるなら、魚もきれいに化粧をして美しい形でいただきたい。化粧塩の奥は深い。

化粧直し

早々と桐の和ダンスを用意すると嫁に行き遅れる、という言い伝えがある。私は二十歳を過ぎてから作ってもらったのだが、それでも早過ぎたのだろうか。未だにひとり身、タンスは花嫁道具になる日を待っている。

実家には母のタンスがある。結婚する時に持ってきたものだから、四十年は経っている。私のと比べると全体が茶色に焼け、桐の木目がすっかり沈んでしまっていた。

桐ダンスは一生物だ。通気性がよくて虫がつきにくい。大切な着物をしまっておくには最も適している。そのかわり、木は柔らかく傷つきやすいし、汚れても洗剤をつけてこするわけにはいかない。たまに布巾でカラ拭きする程度だ。母のタンスも大事に扱ってきたのだろうが、だいぶ傷んで疲れていた。

そのタンスを「洗い直し」に出すことにした。古いタンスを職人さんが新品同様にしてくれるのだという。

洗い直しというからには特別の薬品か何かで汚れを落とすのだとばかり思っていたら、タンスの表面を削るのだそうだ。

金具をはずし、タンスをバラバラにしてから、専用のカンナで薄く薄く、それこそ一ミリにも満たないくらい削って、新しい木肌を出していくのだ。桐だからこそできる芸当だ。

一ヵ月後、タンスが帰って来た時には別人(?)のようにきれいになっていた。深い傷も木粉で埋めて全く目立たない。初々しい花嫁さんのようだ。

母はうれしそうにタンスをなでた。様々な思いが胸をよぎるのだろう。そして、ホーッと息をついてから、

「いいねえ、タンスは。ちょっと削れば新品になれるんだから。私も削ってもらおうかな」

と自分のお腹に手をやった。

母は結婚当時より十キロは体重が増えている。削れるものなら削った方がいい。

「でも一ミリくらいじゃや、四十年前にはもどれないと思うけど」

と私は意地悪く笑ってやった。

化粧直しを終えたタンスが家に来たことで、部屋も母もだいぶ若返ったようである。

声◆司会

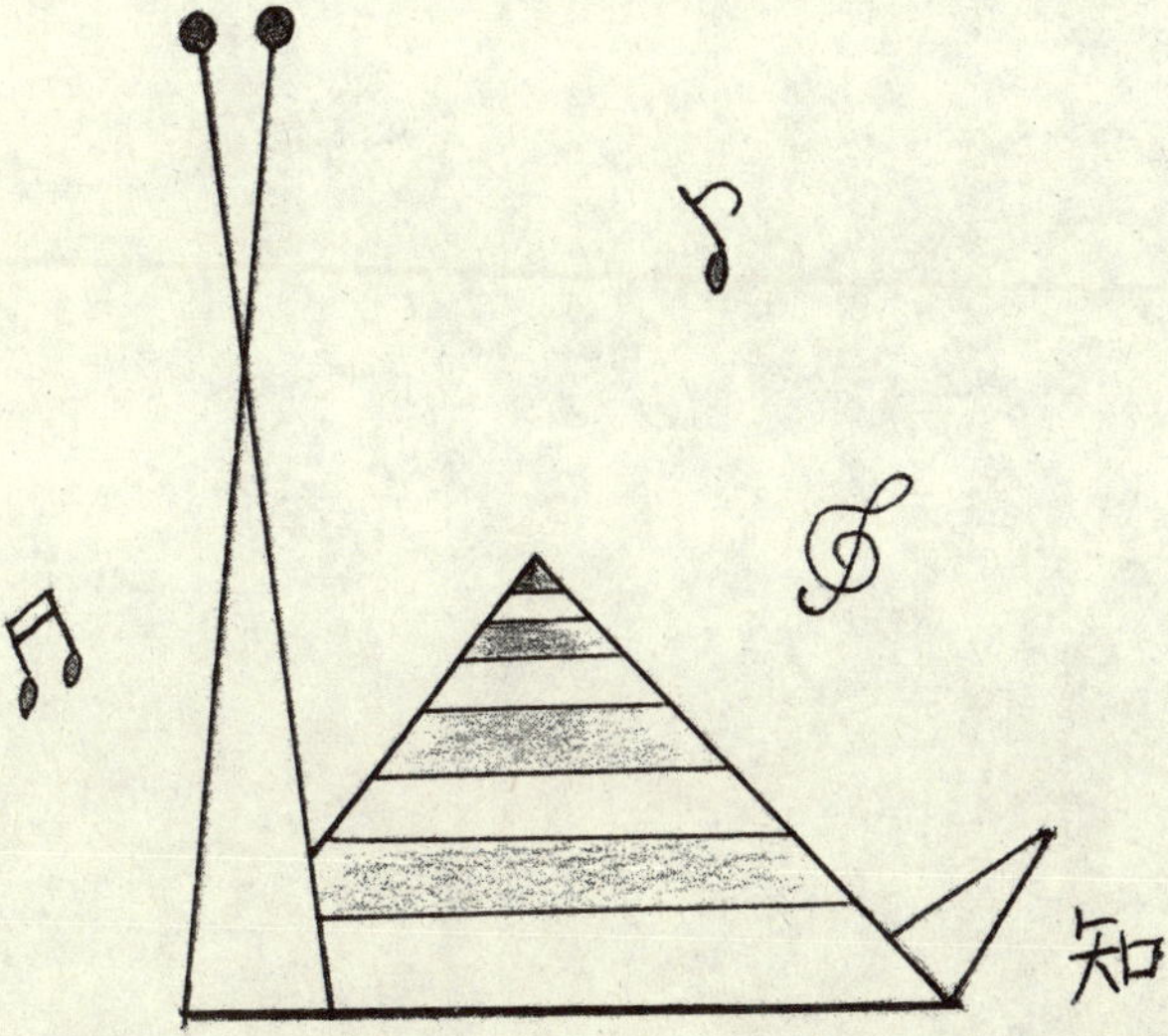

カラオケ嫌いはなぜかというと

世の中にカラオケなるものが出始めたころ、私は脅威など感じていなかった。すぐすたれるだろうと軽く考えていた。

ところが、すたれるどころか全国津々浦々、すっかり定着してしまったではないか。

困るなあ……。

何でみんなカラオケが好きなのか私にはわからない。楽しいから？　ストレス解消になるから？　でも騒々しい店でヘタな歌を聞かされるのは迷惑だし、歌う方だって誰も自分の歌など聞いていないのに楽しいのだろうか。カラオケボックスにいたっては、さらに理解ができない。窓もない小さな部屋で振りを付けて大声で歌うなんて、想像しただけで息苦しくなってくる。

でも、「私はカラオケが嫌いだ」と大きな声ではなかなか言いづらい。そんなことを言うと、

「なんでェ？」

信じられないといった風に、マジマジ見られるのだ。その目には軽蔑の色さえうかがえ

る。私は多少たじろいで、だってカラオケで歌ったことがないから……とつぶやくと、相手の目の色は軽蔑から同情と励ましに変わるのだ。カラオケの悦びを知らない人生なんて不幸よ、とばかりに、

「大丈夫、一度思いきってやってみれば病みつきになるから。ネ！」

と、早速いついつ連れていってあげる、と話は進んでしまうのだ。

周りの人たちからすると、私の場合は、人前やテレビカメラに向かって図々しく自分を晒《さら》しているのに、何で歌くらい歌えないのかわからないらしいのだ。

私も、本当に何でかなあ、と自分に問いかけてみる。決して歌が嫌いなのではなく、むしろ好きな方だと思う。お風呂の中では鼻歌で演歌も出るし、車を運転しながら大声でロックを歌ったりもする。しかし、人前ではダメなのだ。自意識過剰？　そうかもしれない。

ごくまれに番組の打ち上げの二次会でどうしてもカラオケに行かなければならないことがある。そんな時は地獄だ。私は店の一番隅の席に小さくなって座り、誰とも目が合わないように目立たないようにと、ジッと時の過ぎるのを待つのである。歌いたい人はたくさんいるのだからしばらくはそれでいいのだが、宴たけなわ、お酒が入ってくると、

「あ、星野はまだ歌ってない！　行けー！」

と私を指さす人が出てくるのだ。その時の私の何と哀れなことか。ドキドキドキッと心臓は高鳴り、体中に冷や汗が流れるのがわかる。そしてただただ、

「お代官様、どうかお許しくださいまし……」

とばかりにひれ伏すのである。

どんなに私は歌えないんです、と断わっても、なかなか許してくれないのがカラオケの掟のようで、そういう雰囲気の中で最後までマイクを握らずにいるのはかなり勇気が必要だ。

でも私は歌わない。まあたかが歌じゃない、そんなにムキになることないのに、と自分でも思うけれど、ちょっと意地にもなってくる。何も遊びを強制されたくないではないか。どうもカラオケは歌いたくない人を無理矢理引きずり出して喜ぶサディスティックなところがあって、そういう陰湿さもカラオケの嫌いな理由なのである。

歌えないから言うわけではないが、歌に関しては、私はキチンと聞きたいと思う。そしてできれば本物を楽しみたいのだ。そういう趣味の部分は大切にしたいのである。

たかが歌、と思えない理由のひとつに、もしかしたらテレビの歌番組の司会を長く務めたせいもあるかもしれない。「ミュージックフェア」の司会を六年間。毎週一回のスタジオ撮りで、私はたくさんの歌手の歌を生で聞くことができた。

「ミュージックフェア」は、地味な歌番組ながら実力のある歌手がじっくり聞かせる質の高い番組だ。スタジオの同じフロア、ほんの十メートルの距離でプロの歌を聞けるなんて、コンサートでのアリーナ席より価値がある。

「ミュージックフェア」の収録は、いつも張りつめたような緊張感があった。たかがポップス、歌謡曲と思われるかもしれないが、歌のアレンジ、舞台セット、照明、カメラワーク、録音、ひとつひとつの分野が徹底的に凝っているのだ。だから歌手も普通の歌番組より何倍も緊張してマイクに向かうようだった。

番組は三十分で、そのうち私の出番は最初と最後のあいさつ、それにせいぜい二、三分のインタビューと曲紹介である。一曲終わるとそのまま私が歌手に近づきインタビューをするパターンが多かったので、歌の間はスタジオの隅で待機していた。

スタジオの中央に作られたセットにだけライトが当たり華やいでいる。そこに立つ歌手の歌う姿を見る度、私はいつも、

(歌手ってスターなんだなあ)

とつくづく思うのだった。三分か四分の間、たったひとりで人を酔わせることができるのだ。自分の世界に人を引きつける力を持っているのだ。厳密にはひとりではなくその後ろには曲作りや演奏の力もあるのだが、そんなバックアップする人たちの分まで歌手は輝かなければならないのだ。その華やかさは、役者やタレントの比ではない。そして、華やかであればあるほど、ひとりでライトに照らされて歌う姿は、なんだか孤独にも見えた。テレビやコンサート会場で聞くのと違って、張りつめた空気のスタジオだから、それも私が暗い影の部分に立って見ていたからかもしれないが。

私は毎週スタジオの隅から妥協のない音楽を聞くことができた。

あんな風に歌えたらどんなにいいだろう。

歌へのあこがれが強まれば強まる程、自分の歌う機会は遠のいて、私はもっぱら聞く方に専念することになったのだ。

さて、この番組の楽しみのひとつは、滅多に会えない海外のアーチストが出演することだった。

私の「ミュージックフェア」初司会の日、ゲストはオリビア・ニュートン・ジョンだった。緊張していた私は何度も短いコメントをトチリ、収録後彼女に「すみません、間違ってばかりで……」とあやまった。日本にはこんなひどい司会者がいるのか、と気分を害したに違いなかった。でもオリビアは、

「あなた初めてなんでしょ、頑張って！」

と、あのとびきりの笑顔を見せてくれたのだ。自己嫌悪に陥っていた私は、それでホッと救われたのだった。

六年の間にパット・ブーンやパティ・ページといった大御所からシーナ・イーストン、ジョン・デンバー、サンタナやリチャード・クレーダーマンなど世界で活躍しているアーチストにインタビューができ、握手してもらった。マンハッタン・トランスファーのアカペラにゾクゾクしたり、おばさまキラーのフリオ・イグレシアスの甘い声にうっとりしたり、私は

すっかりミーハーになってしまっていた。

またそんなアーチストの、コンサートとはひと味違った人柄にも触れることができた。

今やトップシンガーのジャネット・ジャクソンは、初来日した時まだあどけない少女で、あのマイケル・ジャクソンの妹という存在でしかなかった。歌や踊りも特にパンチがあるわけでもなく、歌い終わるとすぐはにかんだ顔になってうつむくような女の子だった。

「お兄さんはあなたのデビューをどう言っていましたか?」

なんて彼女よりマイケルに関する質問をしなければならなかったが、ジャネットは、

「応援してくれてます」

と小さな声で素直に答えてくれた。そのそばで貫禄のあるお母さんが厳しい目で見つめているのが印象的だった。

あれからほんの何年かで、すっかりセクシーで歌唱力のある歌手になった。女性は変わるものである。

マドンナもそうだ。今みたいに筋肉質になる前のポチャッとしていた頃。「ライク・ア・ヴァージン」が大ヒットしてすぐの来日だった。ふてくされたような目つきでガムをクチャクチャ嚙んで、リハーサルもいい加減だった。

(あら、ただの不良少女みたい)

というのが第一印象だった。その時はスタッフ一同、まさかこんな大スターになるとは思

ってもいなかったのだ。

ただインタビューの時、見直したというか、ちょっとした事件があった。ほんの一分程度の短いコーナーで、質問は「これからどんな歌を歌っていこうと思いますか？」というようなことだったと思う。時間が短いので、通訳の人はマドンナが答えている最中に同時通訳し始めた。するとマドンナは、突然しゃべるのをやめてしまったのだ。
オ、どうした？
と全員が（？）だ。カメラも一時ストップ。

マドンナはブスッとした表情のまま、

「私が話している間は、声を出さないで」

と一言、キッパリと言ったのだ。

その言い方は嫌な感じだった。しかし、確かにゲストが話しているのに通訳の声が被るのは失礼なことである。そのコーナーはすぐ撮り直しをした。

いい加減なようできちんと自己主張し、人を威圧する。マドンナは、本番で「ライク・ア・ヴァージン」をキチッと決めて、またガムをクチャクチャさせながら、スタジオを出て行った。

ジャネット・ジャクソンもマドンナも、あれからスポットライトを浴びながら輝きを増し、魅力を増してきた。今の風格ある二人を見る度に、来日した時のことを思い出すのである。

日本の歌手で会えてよかった、と一番に思うのは、やはり美空ひばりさんだ。最初にひばりさんを知ったのは子どもの頃、「柔《やわら》」でレコード大賞をとった年だったと思う。我が家でもシングル盤を買ったのだ。まだ穴のあいたドーナツ盤の時代だった。子どものことだから演歌に興味はなかった。ただ「ドスがきいているなあ」と思っただけだ。それとレコードジャケットの写真を見て「えらそうなおばさん」という印象だった。

その印象は「ミュージックフェア」に出演した時もくずれることはなかった。

ひばりさんがスタジオ入りする日は、プロデューサー以下スタッフ一同が、スタジオ前の廊下でお迎えするのが慣わしだった。いつもは派手な服装のプロデューサーが、シックなスーツを着込んでいる。勢揃いしたスタッフが並んで「おはようございます」「よろしくお願いします」とあいさつし、ひばりさんは十人以上の関係者やおつきの人をぞろぞろ引き連れて登場するのだった。まるでひと昔前の芸能界、まさに女王、私はすごいものを見たような気がした。

そんなひばりさんの歌を初めてそばで聞いた時、初めのひと声で私は背筋がゾゾッときた。グイッと心が揺さぶられるというか、私は自分の体の中が振動するのを感じた。それまで、上手いけれどアクの強い歌い方であまり好きではなかったのが、一ぺんで魅了されてしまったのだ。

たぶん、私はひばりさんに嫌われていた、と思う。ひばりさんは小柄な方で、私は特に背が高い。並ぶと二十センチは差があるから、二人で画面に映ると見事にデコボコなのだ。インタビューの時、ひばりさんは思いっきり私を見上げて話さなければならず、私の方は見下ろす格好になるから、いつも心苦しいのだった。できるだけ低い靴を履《は》き地味な服にしていたが、二十センチの差はどうにもならない。ひばりさんは私が近づくと、横目で見上げては、

「あら、また大きな人が来たわねえ」

と例の鼻にかかった声で笑うのだった。

そのひばりさんも晩年目に見えてやつれた。スタジオの中央に立つのに、人の手を借りて歩かなければならなかった。私もスタッフも心配でハラハラしていたのだが、「川の流れのように」の前奏が始まり、歌い出したとたん、小さな体の周りにオーラが輝いた。いつもの自信に溢れ堂々とした「美空ひばり」がそこにいた。ひばりさんはとても大きく見えた。その時、もうこんな風にそばで「美空ひばり」を聞けなくなるかも、そんな思いが胸をよぎったのだが、それが現実となってしまった。

司会やインタビューという仕事は、やってみてそのむずかしさがわかるものだ。出しゃばらず、引っ込み過ぎず、相手を立てながら、自分も埋没しないように。人の話を聞きながら、頭の片方で次をどうするか考えなければならないのだ。演技をするのと全く別の神経が

必要だった。私は司会を通して、女優とはまた違った歌の世界をのぞくことができた。そして、いつも歌に感動できる人でいたいと思うようになった。これは大きな財産で大切にしたいと思っている。

ガビオン族とカラス

人前で歌を歌えない私だが人生にはどうしても歌わなければならない時が来ることもある。

アマゾンの奥地、ガビオン族というインディオを訪ねた時だ。

ブラジルの国策で、先祖代々暮らしてきた村に送電線が引かれることになったガビオン族は、村を離れる代償に新しい土地と莫大な補償金を手にした。原始的だった彼らの生活はガラリと変わった。木とワラの小屋からコンクリートの家に移り、テレビやガスオーブンのある恵まれた暮らしが始まったのだ。

居心地のいい文化生活を営む彼らは、サンダル履きに短パンで、腕には金ピカの時計を二つも三つも光らせていた。そして子どもたちは肌の色が白かったり金髪だったり、明らかに一族以外の血が交じっているのだった。

長《おさ》の大切な仕事、それは週に一度銀行に行って、預けてある補償金の中から一族の生活費を下ろしてくることだった。お金持ちになったガビオン族。しかし、長は立派な人でガビオン族の将来を考えていた。

「ガビオン族の文化と伝統をなくさないように、歌や踊りを練習しなければ」

と、一族に伝わる伝統的な歌をテープに吹きこんで、カセットデッキごと各家庭に配ったのである。各自テープを聞きながら練習せよ、というわけだ。

私はその練習の成果を村の中央にある広場で見せてもらった。

勇壮な戦いの踊り、そして勝利の歌。男たちは土埃を上げて足踏みし、弓矢を手に高らかに歌った。ガビオン族は、りりしく美しかった。

でも、心なしかそこにはむなしさが漂っていた。もう隣りの部族と戦う必要はない。弓矢を使う狩りも禁止されている。歌も踊りも生活の中から湧いてきたものではないのだ。

（いつまでこの「血の叫び」を感じるような歌と踊りができるだろうか……）

子どもたちは生まれた時からロックを耳にし、テレビを見ている。この子たちが大きくなった時、テープに吹き込まれたのと同じ歌を歌っても、全く違ったものになってしまうのではないか。私は激しく叫び踊る彼らを見ながら、もっともらしい心配をし、ガビオン族の行く末を案じたりしたのだった。

ひととおり踊りが終わって拍手をしていると、ひとりの青年が私に、

「何か歌ってほしい」

と言ってきた。

私はあまりのことに頭の中が真っ白になった。人前で歌うことは私にはストリップするの

に等しい行為だ。しかし、カラオケみたいに「歌わない！」と言いはるわけにはいかない。彼らの民族の歌を聞かせてもらったのに、返歌を断わるのは礼儀知らずだ。それはわかっている……。わかっているけど、ああ、私には歌える曲がひとつもないのだ。

さあ、どうしよう。ただうろたえる私、えーとえーと、と考えている間に、ガビオン族は私の周りに集まってきた。腕組みをして私が歌うのを待っているのだ。私は唇が乾き、目まいさえしてきた。

そこへ、通訳の女性が見かねて助け舟を出してくれた。

「何でもいいじゃない、日本の歌なら。そう、ガビオンというのは『タカ』って意味だから、そうねえ……」と少し考えて、「あっ『カラス』にしたら？『七つの子』、それなら知っているでしょ」

そうだ、カラスなら歌える。同じ鳥とはいえタカとカラスとでは大違いだが、そんな矛盾に気が付くような精神状態ではなかった。私は慌てて歌い出した。

〽カァラァースゥ、なぜなくのォー

カラスはヤァマァにー……

始めてすぐ（しまった）と思った。あまりにものんびりした歌だ。迫力あるガビオン族の歌の後では、なんと間が抜けていることか。

しかし、歌い出したら最後まで歌わなければ……。

〽かーわいー、かーわいーとォなくんだよー……。

何とか歌い終えると、彼らは、おあいそ程度にパラパラと拍手をしてくれた。その顔は「フーン?」と物足りなそうだった。

申し訳なかった。もてなしてくれたガビオン族に、ちゃんとお礼をすることができなかったのだ。

そして、日本人として恥ずかしかった。私は日本の歌をひとつも歌えないのだ。よその民族の伝統文化が失われることを心配するなんて、思い上がりもはなはだしい。私は消えてしまいたい気持ちでいっぱいになったのだった。

さて、それから二年後、中国の奥地でチベット族の家族を訪問した。私はバルゴと呼ばれる大きなテントの中で羊料理をごちそうになり、彼らの歌に聞きほれた。チベット族は大草原を馬で駆け巡る精悍な民族だ。歌も、ろうろうと張りのある声で素晴らしいものだった。

そして、やっぱり私に日本の歌を歌ってほしい、ときた。

私はうろたえなかった。いつかこういう時が来るのではないか、と私はアマゾン以来、一曲だけ練習していたのである。

その歌とは、「佐渡おけさ」。新潟出身であるし、ちょっとくらい音がはずれても気にならない(?)と選んでみたのだ。

ハイ、皆さん、手拍子でェ、

〽ハアーーア、佐渡ォえ〜

佐渡ォえーとォ草木もなびく〜よ……

ちょっとアップテンポで調子良く歌うと、大成功、その場は白けずにみんな喜んでくれた。自分たちの歌と似ている、と親しみも持ってくれたのだ。

確かにチベット族の歌とは音階が共通しているし、こぶしのようなところも似ているのだ。チベット族の人たちは、その後また何曲も素晴らしいノドを披露してくれた。その夜、宴は楽しく盛り上がったのだった。

伴奏なし、エコーなしで歌って世界に通じる日本の歌というとやっぱり民謡だ。ヘタでも民族の色が出るし、胸にうったえる何かがある。

その後、海外に行っても歌う機会はないけれど、いつ指名されてもいいようにと、レパートリーを増やしている。手はじめに、「ソーラン節」。海でニシン漁の時に歌う威勢のいい歌だと説明すれば、映像も浮かんでくるだろう。アンコールには、

〽草津よいとこ、一度はおいで、ア、ドッコイショ……

なんてのもいいかもしれない。などと次回に向けて楽しんでいる私だが、これではますます、夜の六本木でカラオケを歌う機会はなさそうだ。

あの無表情な声

苦手な声、というものがある。一〇四に電話して番号案内を聞く時の、あの声。対応に出たオペレーターからテープに切り換わると、私は急に緊張してしまう。

「オ問イアワセノ、電話番号ハ……」

と始まったとたん、ペンをギュッとにぎり直し、受話器を持つ手に力が入る。全神経を耳に集中して番号を聞きとろうと構えるのだ。私の頭の中を素通りして行きそうな声。電話番号は二度繰り返してくれるのだから、正確に書きとめているはずなのに、受話器を置くと、その番号が正しいかどうか不安になってしまうのだ。

無表情なあのテープの声、あれは人がわざと機械的な声を出して創ったものなのだろうか、それともコンピューターで創った声なのだろうか。私はどうも好きになれないのだ。

駐車場でもその声に出会う。無人の出札機の手前で車を止めると、私はいつもあせってしまう。苦手なのだ。

「駐車券ヲ、オ入レクダサイ」

に始まって、次に、

「料金ハ、ヨン、ヒャク、エン、デス」

とくる。

私はなるべく素早くチケットを差し込み、お金を財布から出さなければならない。マゴマゴしていると何回も「料金ハ……」と繰り返すからだ。機械に仕切られるというのは面白くない。しかしそういう時に限って、出てきたお釣りの百円玉を落としたりするのだ。私が慌てて車を降り、お金を捜している間、今度は「アリガトウゴザイマシタ」「アリガトウゴザイマシタ」とずっと言い続ける。

「うるさいなあ、わかったからちょっと黙っててよ」

と機械に文句を言ってもおかまいなし、丁寧な声で「アリガトウゴザイマシタ」なのである。私はそそくさと車を発進させ、その声から逃れ、ホッとするのである。

人間の声は、どんなに感情を出さないように努力しても、必ずその人の心が表われる。息をして血が巡っている体の中から出てくるものなのだから当然だ。

私たちが人の声を耳にする時、その言葉を聞いているようで、実は無意識に言葉の後ろにある感情の方に比重を置いているのかもしれない。

「好き」というひと言でも無限に言い方がある。すごく好きな場合、ちょっぴり好きな場合、本当は嫌いなのに嘘をついている場合、いろいろあったけどやっぱり好きという場合。微妙に言い方が変わる。人により状況によって「好き」の裏側にある感情は様々である。

その「好き」を聞く方は、声の調子やニュアンスで本当の意味を判断しようとするのだ(判断は時として間違いもあって、誤解する場合も多いが……)。

これは「失礼いたします」や「ちょっとお待ちください」なんていう、たいして感情のない言葉にもあてはまる。私たちは耳にする声からすべてニュアンスを酌《く》みとろうとしてしまうのだ。

だから、機械のその声に出くわすと、私の耳と脳はパニックとなる。言葉の意味以外、さぐっても何の感情も見えてこないのだから。脳の不安は私を緊張させ、慌てさせ、イライラさせる。だから、私はその声が嫌いなのだと思う。

なるべくならその声に出会いたくないと思っているのだが、ちまたでは着々と増えているようなのだ。恐ろしい現実である。

喫茶店の自動ドアが開くと上のスピーカーからすかさず「イラッシャイマセ」だ。銀行のディスペンサーにカードを差し込むと、画面だけではなく「暗証番号ヲドウゾ」と声の出る機械もある。その度に私はドキッとしてしまう。

ある時、久しぶりにファーストフードの店に入った。若いアルバイトの子が活き活きと働く店内でカウンターの前に立つと、

「イラッシャイマセ、ゴ注文ハオ決マリデスカ?」

トーンの高い声で女の子はニッコリ笑った。私はドキッとした。あの声なのだ。

「……あ、あの……じゃハンバーガーとポテト、それとコーラをください……」

「コチラデオ召シアガリデスカ？　オ持チ帰リデスカ？」

「え……と、持って行きます」

「ハイ、少々オ待チクダサイ、他ニゴ注文ハアリマセンカ？　ソレデハ代金ヲ先ニオ願イシマス。『ハンバーガー』ト『ポテト』ト『コーラ』デ○○エンデス」

「ア、ハイ……」とお金を払う私。

「オ待タセイタシマシタ、『ハンバーガー』ト『ポテト』ト『コーラ』デス。アリガトウゴザイマシタ」

「……どうも……」

その間、ほんの二、三分、私は店員の前でドギマギしていた。丸っきり向こうのペース。駐車場の出札機と変わりがない。機械ならまだしも、人間を相手にこんな気分になるなんて……。あの店員たちは特殊な訓練で感情のない声を出しているのだろうか。まさか仕事が終わっても、あの声で家族と話をしているとしたら不気味すぎる。

とにかく都会では、無表情な声に慣れないと暮らしづらいのだ。

バカヤロー

海外を旅する時、飛行機の中でちょっとだけ行き先の国の言葉を覚えようと思う。

まずはあいさつ。フランスならボン・ジュール、ドイツはグーテン・モルゲンだ。タイはサワディー。

それから、大切なのはありがとう。一日に何度も使う言葉だ。サンキュー、メルシー、グラッチェ、テレマカシー。

その国の言葉で「こんにちは」と声をかけ、「こんにちは、いい旅をね」と返ってきたりすると、それだけで小さな喜びとなるし、その国の人たちとの触れあいがスムーズになる。

また反対に、日本語で声をかけられることも多い。人の集まる市場をブラついていると、「コンニチワ」「サヨナラ」にはじまって、「タカクナイ!」「カッテクダサイ!」とおかしなイントネーションで呼びとめられる。中には「アナタ、アイシテマス」なんて大声で叫ぶおじさんもいたりする。日本の旅行者が教えたのだろう。言葉の通じない者同士でもひとつの単語でお互いに近づいた気になって、旅は一層楽しくなるのだ。

中国の青海省、玉樹《ユイシュー》という小さな町を訪れたことがある。北京から飛行機と車で四日もかかる内陸部にあって、標高四千メートルの辺地の町だ。

招待所（簡易ホテル）の目の前が広場になっていて、露店が並んでいた。何かおもしろいものでもないかとブラブラ歩いていると、周りの人たちが私を見て何かささやくのが聞こえてきた。最初は何を言っているのかわからなかったが、「ミシミシ……」「ハイッ……」と言っているらしい。一体何だろう、と気にしていると、「バカヤロー」なんてのも聞こえる。

そして町の人たちはヒソヒソ言っては「ククク……」と笑いあっているのだ。

小さな雑貨店に入ってビスケットを買う時も、店員は私からお金を受け取り、お釣りを渡す間に、

「リーペン（日本人）何とかかんとかバカヤロー」

と、ニヤニヤしながら、側にいたもうひとりの店員に小声で言うのだ。その店員も意味あり気にニヤリとする。

何だか気味が悪くなった。日本から何千キロも離れている中国の奥地でまさか日本語を耳にするとは思わなかったが、それがサヨナラでもアリガトウでもないのだ。「バカヤロー」とは一体何なのか。ニヤニヤするのはなぜなのか。

招待所に戻って通訳の人に聞いてみたが、どうも歯切れが悪い。

「エー、『ミシミシ』は『メシ、メシ』、つまり、飯《メシ》で、『ごはんだぞう』というかけ声です」

へー、でも、今時メシメシ、なんて使わないし、何でそんな変な日本語が知られている

の？　とさらに聞くと、

「……実は、映画、なんです」

という答え。

中国の、それもこんな奥地ではテレビの普及はまだまだ少ない。一番の娯楽は映画だ。町中の人が楽しみにしている映画で、日本人が出てくるのは——戦争映画。

それでわかった。私を見てささやいていた言葉は、日本兵の話すセリフだったのだ。

中国の戦争映画では、日本は悪者に決まっている。きっと中国人扮する日本の上官は「バカヤロー！」と怒鳴り、下士官が「ハイ！」ときをつけをする。そんなシーンが度々出てくるのだ。「ミシミシ！」も想像ができる。何だか重い気持ちになった。

私の世代は、中華料理を当たり前に食べ、パンダをかわいいと思い、中国語だって話せないけれど「你好《ニイハオ》」と「謝々《シェシェ》」ぐらいは聞けばわかる。でも、青海省では日本人というと「バカヤロー」が思い浮かぶのだ。この差は大きくて深いものがある。

その夜、もうひとつショックなことがあった。食事を終えて招待所に戻ると、私の部屋で女性がくつろいでいるのだ。ズボンをぬぎ、タイツ姿になってベッドに座っている。私はびっくりして「あの……」と声をかけたが、その女性は知らんふりで私を見ようともしない。

とりあえず通訳の人に来てもらったが、通常、こういう招待所は相部屋も当然で、他人同士でもひとつの部屋に泊めるのだそうだ。ただ私の部屋はひと部屋分の料金を払っているのに、他の部屋が空いていなかったのか単純なミスなのか、招待所の方で彼女を私の部屋に入れてしまったのだ。まあそういう間違いはどこの国だってある。

ところがそれが原因でなんと大ゲンカが始まってしまったのである。

その女性と通訳が廊下で話し合っていたのが次第に声高になり、険悪な空気になってきた。そこに招待所の従業員と女性の連れらしい男性たちが加わると、今にもなぐり合いが始まりそうな気配となったのだ。

(ど、どうしたの？　何でケンカするの？)

と言葉のわからない私はおろおろするばかり。何たって中国語のケンカはすさまじい。

「星野さんは部屋に入っててください！」

言われるままに私はその場を離れるしかなかった。

ハラハラして部屋で聞き耳を立てていると、声はどんどん激しくなっている。どうも人数が増えているようだった。関係のない他の客までケンカに加わっているらしい。

(他の部屋が空いてなかったら、私、相部屋でも構わないんだけど……)

とは思うものの、今さらそんなことを言いに行っても「ウルサイ！」と撥ね飛ばされる勢いだ。事態はもうそんな小さなことから離れているのは確かだった。

三十分以上経って、やっと騒ぎは収まった。彼女は上気した顔で荷物をまとめ、私の部屋から出ていった。

後で聞くと、通訳の人はこう言われたそうだ。

「おまえは日本人の犬か！」

「倭寇《わこう》の手下なのか！」

倭寇なんて、私には歴史の教科書でしか見たことのない言葉である。通訳が犬よばわりされ、倭寇の手下とののしられたのは、中国人のくせに日本人の肩を持つなんて恥を知れ、ということだった。彼は日本人なのだが、十六歳まで中国で暮らしていたから完璧な中国語を話すのだ。それで中国人と誤解されたらしい。たかが相部屋のトラブルが、どうして日中関係のこじれにまで発展しなければならないのか。

あの中国語での激しいケンカ。言葉の意味はわからなくても、その声に中国と日本の歴史の傷跡が裂け、膿がほとばしるのを感じた。忘れられない声である。

秋の使者と幻のコンサート

私の部屋は、マンションの三階にある。十数年前にこの部屋を買った一番の理由は、ベランダからの眺めだった。

道を隔てて一区画が大きなお寺だった。お墓がない寺だから、気味が悪くない。窓から見えるのは二階建ての黒光りする瓦屋根と、それをこんもり包み込むような、深い緑の木々だった。都会の真中でこんな景色を見て生活ができるなんてと、私はすっかり気に入った。

私を案内した不動産屋も、

「お寺ですからね。ここは絶対に高い建物が建つ心配はありません」

と絶対にというところに力をこめて言い切った。

ところが入居して二年も経たないうちに、黒光りする屋根が壊され始めた。オヤ、と様子を見ているうちに、ドーン、とコンクリート五階建ての白いビルが建ってしまったのだった。

信じられない……。何でもお寺のゲストの宿泊所だそうだが、それにしては立派すぎるビルだった。

私の生活環境はいちじるしく変わった。それまでは風が木々の葉を揺らして、時にシャラシャラと、時にザワザワと騒ぎ、高原の中に居るようだったのだ。

白いビルが建ってから、風はパタ、と私の部屋まで届かなくなった。

一日中さえずっていた鳥も、めっきり少なくなった。空はそれまでの半分以下の分量だ。ベランダに出ても、目の前は、白い壁にいくつもの窓。もうカーテンを開けたままパジャマ姿でうろつけない。お寺をうらんでも仕方がないが、あれだけの自然をもったいない、と残念で仕方がない。

それでも敷地に残った木々は、今も私を楽しませてくれている。春には桜の古木が花をつけ、秋には色づいた枯葉が散ってゆく。日常の中で自然の移り変わりを感じられるのは有難い。

夏のあるむし暑い夜、テレビを消したら、リーン……リーン……と鳴くか細い声に気がついた。

ベランダに近づいてカーテンを開けると、声は止まった。少し離れて息をひそめていたら、また遠慮がちに鳴き始めた。

どうやら鈴虫のような虫が一匹、ベランダの隅に迷い込んでいるようだ。

リーン……リーン……。

夜が更けても一向に気温が下がらなくてイライラしていたところだ。高い透明な声を耳に

して、

（ああ、もう秋が近いんだ——）

と、首筋のあたりを涼やかな風が吹き抜けたようだった。

以前、何かの本で、虫の声を美しいと思うのは日本人だけで、欧米人にはただの雑音にしか聞こえない、とあって、本当かしら、と疑問に思ったことがあった。何でも右脳と左脳の働きが日本人と欧米人とでは違うのだそうだ。

　こういう場合、いつも思うのだが、日本人に対して欧米人とひとまとめにできるのだろうか？　欧米人とはどこからどこまでの人のこと？　どうしていつも欧米人と比べるの？　と疑問に思うのだが、それはともかく友人に聞いてみた。

　まず大かたのアメリカ人は、

「秋の虫の声？　何？　それ」

　と質問の意味がよくわからないようだった。虫といえば人に害をおよぼす害虫か、恩恵（蜂蜜）を与えてくれる蜂を思い浮かべるのだそうだ。

　でもまさか、アメリカに秋の虫がいないとは思えない。ロサンゼルスに住む日本人に尋ねてみると、

「いるにはいますけどね——」

　一年中夏といった感じのロサンゼルスでは夕暮れ時になると、植込みのあたりでいつもコ

オロギが鳴くのだそうだ。日本人の彼は「おっ、コオロギだな」と気がつくのだが、アメリカ人は「何か鳴いている」ことさえ気づかないという。

その人が、夏にニューイングランド（北部で比較的四季がある）を訪ねた時、うるさいくらいセミが鳴いていたので何ゼミか尋ねたら、誰もセミの名前など知らなかったのだそうだ。要するに無関心、興味がないらしい。アブラゼミにミンミンゼミ、ヒグラシにツクツクホウシ、ついつい聞き分けようとしてしまう私たちとは、やはり脳のつくりが違うのだろうか。

スペインに長く住んだ友人にも聞いてみた。

「秋の虫の声？　聞いたこともなかったワー」

マドリッドは、夏、暑くて暑くて、あ、少し涼しくなったな、と思ったら、次の日は木枯らし、冬になってしまうのだそうだ。つまり秋の虫が鳴く暇もないらしい。そもそも、日本のように、子どもたちが虫籠で虫を飼うことはしないという。

「だって、虫は自然のものでしょ、籠に入れてきゅうりを食べさせてるなんて、ハハハ、スペイン人には考えられないわよ」

そう言われると、何となくグロテスクな行為のような気もしてくる。そんな国柄だから、もちろん、夏休みの宿題に昆虫採集もなし。虫は虫でしかなく、人と関わりのない生き物なのだ。

フランス人もしかり、虫が鳴いたからってそれがどうした、という感じだそうだ。なるほど、私の聞いた限りでは欧米人には雑音でしかないようである。

イギリス人でアイルランドとギリシャの血を持つラフカディオ・ハーン（小泉八雲）は日本で秋の虫を籠に飼い、その声を楽しんでいたという。

ハーンがもともと虫の声を美しいと思うような変わり者だったから日本に落ち着いたのか、日本に来てからその文化のひとつとして虫の声まで好きになったのか、どちらだったのだろう。アイルランド、ケルトの自然観は日本とよく似ていると言われているから、その辺も関係あるのかもしれない。

右脳と左脳の違いの本では、日本人と欧米人と分けて書いてあるだけだった。他はあまり研究されていないのだろうか。日本以外のアジア人には触れてなかったが、インド人はどうなのだろう、韓国人は？　はたまたイラン人やエジプト人、アフリカ大陸の人は虫の声にどう反応するのだろうか。残念ながら私は身近に聞ける人がいない。ベトナムが舞台の映画「青いパパイヤの香り」には秋の虫とその声が叙情的に使われていて、映画を静かにひき立てていた。ベトナム人は日本人と同類のようである。

お隣りの国、中国はというと、私は秋の虫の呼び名を聞いただけで納得した。

鈴虫は「金鐘《ジンゾンア》」、松虫は「金琵琶《ジンピイパ》」。

この立派な名前からして、中国人の秋の虫たちに対する愛情がわかるというものだ。金の鐘や金の琵琶のように、金属的で美しい音色を古来中国の人たちは賞賛してきたのだそうだ。

日本に長く住む中国の友人は、子どもの頃にコオロギを戦わせてよく遊んだという。

「勝った方のコオロギが、それはいい声で鳴くんですよねえ」

となつかしそうだった。

「でも、東京ではあまり虫の声は聞かないなあ」

とつけ加えたが、それは私も同感だった。年々少なくなっているのか、もしかしたら私たちの生活自体、虫の声に気づかなくなっているのかもしれない。

私のベランダに迷い込んで鳴く虫は、きっとお寺の草っ原から出張してきたのだろう。涼やかな秋の気配を運んで来てくれた秋の虫だけど、たった一匹ではやはり淋しそうだ。歌にあるように、リンリン、ガチャガチャ、スイーッチョン、と、トリオやカルテットくらいの賑やかさが欲しいものだ。でも、

秋の夜長を鳴きとおす

ああ面白い　虫の声

なんて、今の都会ではぜいたくなコンサートなのかもしれない。

時間◆ニュース

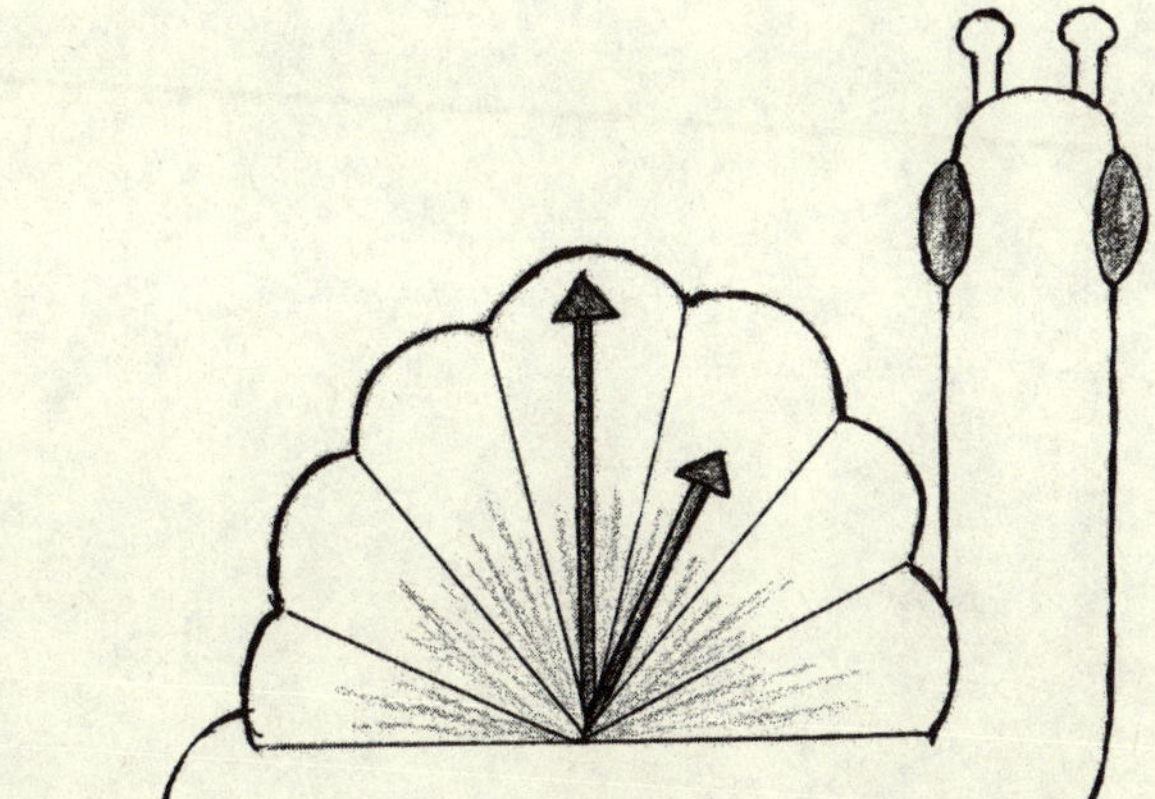

一秒残酷物語

大きく息を吸って、
イチニィの　サン！

で一気に息を止める。さて、誰が一番長く息を止めていられるか。子どもの頃、なかよしが集まってよく遊んだものだ。

十秒、二十秒……、みんな目覚まし時計の秒針を見つめている。

三十秒を過ぎると「ウ……ハァ！」と最初の脱落者が出る。

四十秒ともなると、どの顔も真っ赤だ。

苦しい……苦しい……。

お互いの頑張る様子を横目でさぐりながら我慢するのだが、次々に、ウヘェ！　アハァ……とレースから抜けてゆく。

私はいつも最後の方まで残っていた。それでも六十秒が限界。何とか秒針がひと回りするまでは持ちこたえようと、あと五秒、あと四秒、ともう喉をかきむしらんばかりに身もだえして、一分の壁に挑戦した。その時の一秒の何と長く感じられたことか。秒針がわざとゆっくり動いているとしか思えなかった。一分や二分なんて、普段はあっという間に過ぎてしまうのに。テレビの『鉄腕アトム』を見ている三十分など、すぐ終わってしまうのに。どうして苦しい時はなかなか時計は進まないの？　と腹立たしく不思議でならなかった。

息止めごっこは、たわいのない遊びだったけれど、時の無情さみたいなものを私が知った初めての体験だったのかもしれない。

それからずいぶん経って私は「意地悪な秒針がつくり出す、時の無情さ」をたっぷり味わうはめになった。テレビのニュース番組を二年間担当したのだ。新しいタイプのニュース番組を作りたいという局の意向で、畑違いの私に声がかかり、私は大胆にも引き受けてしまったのだ。

しまった、と思ったのは番組が始まってすぐだった。ニュース番組というのは、何となくテレビで見ている分には毎日スムーズに流れているのだが、その内部はすさまじいの何の、まさに分刻み秒刻みの戦いだったのである。

新番組「ニュース・シャトル」の放送は夜の七時二十分から、もちろん生放送だ。

毎日、放送の二十分くらい前から、スタジオ内は急に慌ただしくなってくる。

「オーイ、現場からまだスタッフが戻ってこないぞ！　VTR間に合うのか！」「アメリカとの回線がもしかしたらつながらないかもしれないんですけど、どうしますか！」あちこちであせりの大声がする。

私はというと、手元に届くニュース原稿の下読みに必死で、目が吊り上がっている。本来は、放送前にすべての原稿とVTRに目を通し、きちんと把握しておかなければいけないのに、それができないのだ。たいていの原稿は放送の直前にドッと来るし、中には始まってからというものもある。何とか目を通すだけでも……と思っても時間が足りないのだ。そうこうしているうちに五分前、突然「どこどこの国でハイジャック発生!」なんて一報が飛び込んでくると、すべてひっくり返ってしまうのである。

私は毎日、番組の三分前には下読みしていない原稿をかかえカメラの前に座った。そして吊り上がった目尻を無理矢理下げて深呼吸。まだスタッフが右往左往しているスタジオには、何があっても七時二十分がきっかりやってくるのだった。

キャスター席の前にはカメラが三台、正面のカメラの横にはひとかかえもある丸い時計が置いてあって、長い秒針がチッ、チッと秒を刻んでいる。そのそばでADさんがスケッチブックを手にしゃがんでいる。別室にいるディレクターからの指示を、紙に書いては私に見せるのだ。四十分の生放送の間、その指示は何十枚も紙芝居のように提示される。そのほとんどが時間の指示、私は放送中ずっと秒針と戦うことになるのである。

『CMまで十秒』

ひょいと指示が出される。原稿を読んでいる私は、目の端でチラと確認する。

(エッ、だってまだ二枚も原稿が残っているのに⁉)

仕方がないから急いで読む。ただでさえ手書きのくせ字の汚い原稿なのに、あせって読むものだからトチる。トチるとあわてて漢字を読み違えたりする。

『あと五秒』

また紙が出る。

(わかってるってば……)

四、三、二、一……。

アッアー、ちょっと待ってェー、と心で叫んでも、五秒は五秒、あともう少しというところでプツンと私は画面から消え、コマーシャルとなる。

その時の徒労感たるや、何とも言えない。

——だって原稿が長いんだもん。

などという言い訳はきかない。そして、どっぷりと徒労感にひたっているヒマはないのだ。CMは一分。その間に私は気持ちを立て直して、次のニュース原稿に目を通していなければならないのだ。

こんな時、一度でいいからキャスター席を立ち上がり「一秒や二秒でガタガタするんじゃないよ!」と誰に向かうでもなく叫んでみたかったが、とうとうその勇気はなかった。

時間が足りないのは困るが、たまに余ってしまうこともあって、これがまた恐怖である。

ADさんが、両手で納豆を引くように左右に大きく動かす。のばして、のばして、というサインだ。

次の指示が出るまで私が間をつながなくてはならないのだ。

あら、何か言わなきゃ、何を言おう……。

とそれから考える時間はない。黙っているわけにはいかないから「エー、今の件ですが……」と話し始めると、すぐにADさんは両手で大きくバッテンをつくる。時間が調整できたからやめろ、という合図だ。そんな急にやめろって言われても、すぐにまとめられるものじゃない。結局しどろもどろでハイ、サヨナラとなる。

思えば茶の間でニュース番組を見る立場だった時は気楽だった。

「このキャスター、今日はよくトチるねえ」

とお茶でもすすっていればよかったのである。次のVTRがなかなか画面に出なくてキャスターがアレッという顔をした時など、「へへ、困ってる、困ってる。さあどうするかなあ」とトラブルを楽しんでいたのだ。嫌な性格だった。反省している。

私は番組中、ずいぶんトチッた。外国のむずかしい名前になると、口が回らない。

「ブルガリアのジフコフ議長が辞任、後任はムラデノフ書記長……」

目で読むとどうってことないが、声に出してみると言いづらい。あまり原稿に目を落としているのもおかしいから、カメラに向かって言おうとすると口の中がこんがらがってしまうのだ。

「ブルガリアのジフコフギフコフ……後任はムラデノフショフショウェ……」

旧ソ連のゴルバチョフ書記長とシェワルナゼ外相、この二人も一緒に登場する場合が多く参った。ややこしい名前がたくさん出てくる日は、放送前に「なまむぎ　なまごめ　なまたまご」「隣りの客は　よく柿食う客だ」と口の中でモニョモニョ練習したものだ。

漢字もよく間違えた。

「——浩宮様は二十九歳の独身貴族で……」

とやったら、スタジオ中のスタッフがドッと笑った。正しくはもちろん独身皇族。

ニュース番組を始めて間がない頃、「ニュースステーション」の久米さんと話す機会があった。ウソかホントか、久米さんは番組中わざとトチることがあるのだという。それも大事なニュースの時に。ちょっと引っかかったりトチると、それまで何気なくテレビを見ていた人は神経がオヤッと画面に集中する。それで、そのニュースは真剣に聞いてくれるというのだ。

なるほどねえ、視聴者の心理をうまくついたテクニックである。しかし私には到底出来る芸当ではない。

わざとトチる。何があっても心の動揺を顔に出さない。キャスターやアナウンサーは、もしかしたら役者よりずっと演技力が必要なのかもしれない。

立ち往生事件、というのもあった。いつもは男性アナウンサーと並んで腰かけ、

「みなさん、こんばんは」

と番組は始まる。ある時少し新鮮な感じにしようと、オープニングを私ひとりで立ってやることとなった。

本番十秒前、手元に小さなテーブルがあるだけで、ひとり立っているのは心細かった。嫌な予感もしていたのである。

そして放送が始まった。ひとつめのニュースをこなし、

「では、次です」

と手元を見ると、ないのだ。読むべき原稿がない！　サッと床に視線を走らせるが、落っこちてはいない。さあどうしよう。私の体は固まってしまった。いつものように隣りに男性アナウンサーが座っていれば、さり気なく原稿をすべらせてくれるのだが……。

私が黙ってしまったので、カメラの周りにいるスタッフがアレレ、という顔になった。

(どうしたの？)とみんなが私を見る。(原稿がないんです)、そう伝えたくても言葉に出せない。沈黙したまま目で訴えたのだが、そんなことが伝わるものではない。スタジオは異常に張りつめた空気になった。

おかしなもので、こういう時、私はパニックに陥っているのに頭の中はどこか冷めていて、客観的に自分を見ているのだ。自分の周りがスローモーションで動いているように見え

る。音も聞こえない。

おい、どうしたんだ、と不安な面もちで椅子から立ち上がる一杉プロデューサー。「次は事故のニュース」と必死の形相で合図を送るADの佐藤君。そうか、原稿がないんだと気付き、自分の原稿を手に私に向かって走り出すスタッフのチカちゃん。みんなゆっくり、ゆっくり動いている。私は、永遠にそのスローモーションが続くような気さえした。チカちゃんがカメラに映らないように私の側に来て、横からソッと原稿を差し出した。私がそれを摑んだ時、ガサッと紙の音がした。その音で私はフッと現実の時間にもどった。スタジオ内のざわめきも聞こえてきた。

私は頭を下げ、「失礼しました。次です……」と原稿を読み始めたが、その時体中にびっしょりと汗をかいているのに気がついたのだった。

私は一体どのくらい黙って立っていたのだろうか。長かった。五分くらいあったような気がした。でも実際に私が立ち往生していたのは十秒くらい。そんなものだったのだ。しかし、何もしないでテレビに十秒映っているというのは、見る方もかなり緊張感があったらしい。「どうしたのよ、黙って突っ立って。こっちまで息を止めて見るもんだから苦しくて」と放送を見ていた友人に笑われてしまった。

毎日、家に帰ってその日のビデオを見ていたが、画面には実に様々な私の表情が映し出されていた。困った顔、何とかごまかさなきゃと思っている顔、しまったという顔、心の動きが正直に出ているのだ。

「あーあ、こんな私が全国に放送されちゃったんだわあ」とがっかりだ。

ドラマなら、セリフを間違えたらやり直しになる。自分の演技に納得できなかったら「もう一度お願いします」と撮り直してもらうことも可能だ。ワンシーンずつつくりあげて、最終的に画面に映るのはベストのものか、それに近いものになる。だから、現場でいくら失敗しても恥をかいても、それは内輪で済んでしまうのである。でも、生放送のニュースは、時として自分の知らない自分の表情までさらけ出してしまうのだから恐い。

まあ、考えようによっては、自分の慌てた表情なんて鏡の中では絶対見られないのだから、いろいろな自分を発見できた、と思えば気も楽になる。たとえば、私は緊張すると首をククク……と小さく振るクセがあることに気付いて驚いたし、体が不必要に動いたり、手のアクションがオーバーになると、自分の言っていることに自信がない証拠なのである。

ニュース番組は、言い訳のきかないスリルとサスペンス。一秒に泣かされ、振り回された二年間。それで得たものは？

そう、ずいぶん面の皮が厚くなった、はずである。

めぐりめぐって未来も過去も

タイムマシンがあったらいいのにな……。

いい年をして、まだ時々そんなことを夢見たりする。

はるか彼方、まずは原始の世界にちょっと行って、本物の恐竜を見てみたい。草原をズシズシと闊歩する巨大な動物は、きっと私たちが知っている想像図や映画のSFXよりずっと迫力があって美しいだろう。

未来は——、未来の方が想像するのは恐い。千年先はどんな文明が栄えているのだろう。「猿の惑星」みたいに、核戦争でも起きて、地球は大きく変わっているかもしれない。人間も滅んでいるかもしれない。だとすると、人類の次にどんな生き物がのさばっているのだろう。ゴキブリやネズミ？　いいえ、きっと私たちが考えもしない何かが天下をとっているに違いない。さあ、それは……？　ということで恐いもの見たさにひとっ飛び未来に行って、愛しの地球を客観的に眺めてみたいのだ。

現代は、科学の進歩で月にも行けた。コンピューターに仕事もまかせられるようになった。電波や光通信でどこでもアッという間に情報を送れるようにもなった。でも、どう頑張っても不可能なのが、タイムトラベル。時間を行ったり来たりできるのは、今も小説や映画の中だけである。

ほんのちょっぴりだが、私は未来にも過去にも行ったことがある。なあんて言い切ってはいけない。正確には「まるでタイムトラベルをしたような錯覚に陥ったというか、そんなような疑似体験がある」という意味だ。タイムマシンでなく、飛行機で旅をした場所が思わぬ未来と過去だったというお話だ。

未来の方は、アメリカ、ロサンゼルス。今から二十二年前のロサンゼルスで、私は東京の未来の生活をかい間見た。

当時、アメリカ西海岸は若者のあこがれだった。自由な空気、陽気で親しみやすい土地、サンタモニカ、ベニスビーチ、ハリウッド。その名前を耳にしただけで、とてもおシャレでナウい（こんな言葉はもう死語になってしまった）気持ちになったものだ。

初めてロサンゼルスに行った時は何を見ても驚いていた。鏡張りのようなばかデカいビル、何車線もある高速道路。やっぱりすごい、と圧倒された。ディズニーランドに連れて行ってもらって、大がかりな仕掛けとお金のかけ方にど肝を抜かれた。いくらロスに住む人が、

「ここはニューヨークなんかに比べたらずっと田舎よ。ダサイところよ」

と言っても、私の目には近代的な大都市にしか映らなかったのだ。

一ヵ月近くロサンゼルスをブラブラしていたから、だんだん暮らしの中のことに目が向くようになり、そこでもウーンとうなってばかりいた。

スーパーマーケットの品数の多さといったら……。アイスクリームやスパゲティ、ジャムにジュース、それぞれ何十種類も棚にズラーと陳列されていて、どれを選んでいいのか途方にくれるのだ。アメリカの主婦たちは手際よく品物を手に取り、私には目新しく映るカートを引いて、山ほど食料品を買い込んでいるのだった。

何て豊かなのだろう……。

私は遊園地のようなスーパーに何時間いてもあきなかった。

「ファミリーレストラン」というのも私の目には珍しく映った。どの店もメニューは大判のカラー写真で、ウェイトレスはミニスカートにヒラヒラのエプロンを着ているのだ。それが若い女の子だけではなく、結構なおばさんも堂々と足を出して、笑顔でテーブルを回っている。

そういうレストランの入口でいきなり、

「スモーキング？　ノースモーキング？」

と聞かれて、私はドギマギした。飛行機の座席以外で禁煙席があるなんて、想像したことがなかったのだ。

ロサンゼルスにはスポーツクラブがいくつもあった。老いも若きも体にぴったりしたレオタード姿でエアロビクスに励んでいた。みんな汗びっしょり。私も仲間に入って、グラマーな美人インストラクターの動きを真似したが、途中で息切れしてリタイアした。初めての体験は新鮮だった。でもいい大人が、それもお腹の出っ張った人までもがレオタードを着て必死に足を上げ下げしている姿は、あまり格好いい集団とは思えなかった。

もっと細かいことになるが、一般の家庭の台所には必ずキッチンペーパーが備えてあった。洗ったお皿を拭くのも、レンジの周りの汚れを拭くのも布巾ではない。ササッとキッチンペーパーを使ってポイッとゴミ箱に捨てるのだ。

あら、もったいない。

とは思ったが、その時の私は布巾を何度も洗って使うより、キッチンペーパーの方が何だかスマートに見えたのだった。

やっぱりアメリカだなあ。

私は何かにつけても驚きながら、ごく自然にそんな生活を日本のお手本と感じていたようだ。日本は何でもアメリカの後を追いかけて真似をして、それで発展してきたのだ、という構図が単純な私の頭の中にあったのだ。

確かにそれから十年もすると、日本でも大きなスーパーが当たり前になった。ファミリーレストランのネオンは地方の街道筋にまで目立つようになった。禁煙の表示はレストランの中でも珍しくないし、日本人だってどんな体型でもレオタードを堂々と着ている。若い人達は布巾など使わず、ティッシュやキッチンペーパーが主流である。日本の生活は短期間にアメリカに急接近していったのだ。

あの時のロサンゼルスの滞在を振り返ると、私は自分で日本の未来を見ていたつもりだった。今に私たちの生活もこうなるんだわ……。そんなときめきが私の中にあったのだった。

過去へのタイムトラベルは、ブータンを訪れた時だった。親しみを感じる名前のこの国は、中国とインドの間にちょこんと挟まっている小さな王国だ。面積は九州くらいの農業国で人々の多くはラマ教を信じている。

ブータンは長く鎖国をしていて、私が行ったころは、やっと一般の観光客を受け入れ始めた頃だった。

照葉樹林帯の山に囲まれた水田と小さな集落、のどかな農村の風景は、日本の田舎とほとんど変わりなかった。ちょっと湿った土の臭いや草の青い香りを風が運んできて、私はうれしくなった。

ちょうど秋の刈り入れのシーズンで、家族総出で脱穀をしていたのだが、機械は使わない。束ねた稲を大きな櫛の歯にたたきつけて穂をしごく、千歯《せんば》扱《こき》なのだ。

家は白壁で屋根は板ぶき、窓には格子が入っている。人々の服装も、女性はキラといって一枚の布を体に巻きつける日本の和服に似たものだし、男性はゴーといって丹前そっくりなのだ。何よりも顔立ちや体格が百年くらい昔の日本人のような雰囲気だから、言葉が通じないのが不思議に思えてくる。私は村を散歩するうちに、明治時代あたりの農村に迷い込んだような気になっていた。

何日か滞在して村人が少しずつ私に慣れてくるうち、ブータン人は顔が日本人に似ているだけでなく、ふとした表情や仕草がそっくりなのに気がついた。珍しい外国人である私を恥ずかしそうに見ている様子とか、「よろしかったら、どうぞ」とお茶をすすめてくれる控えめな仕草が、今の日本人より日本人らしい。

実は日本のご近所、中国人や韓国人、東南アジアの人たちには私はあまりそういうことは感じたことはなかった。顔は同じでも何かの反応の表わし方が微妙に違うのだ。

ブータンの人々の表情を見ていると、はるばる遠くに旅をして偶然近い親戚に出会ったような感動をおぼえるのだった。

集まってきた子どもたちに、日本から持ってきたおせんべいをあげようと差し出すと、ボーズ頭の彼らは「いらない」という風なはにかんだ顔をした。あまり興味がないのかな、と引っこめようとしたら、通訳さんに、

「ブータン人は一度断わるのが礼儀だから、もう一度すすめてみて」

と言われた。どうぞ、とまた差し出すと、子どもたちはそれぞれひとつずつおせんべいを

つまんで、ちょこんと頭を下げた。ありがとうという意味らしい。青洟《あおばな》をたらして手なんか真っ黒に汚れた子どもたちが、一度は遠慮して、キチンとお礼をする様子がとてもかわいらしいのだ。

ブータン人は、遠慮っぽくてあからさまに自己主張をしないのだそうだ。そうだ、そういうところも日本人の美徳だった。と、まだ若い日本人の私が感心しているのも何だか変といえば変なのだった。

自給自足の暮らし、強いきずなで結ばれている家族。ブータンは、きっと日本にもあっただろう人間らしさに満ちていた。そんな過去へのタイムトラベルは、私にとって貴重な体験だった。

その後も海外に何度も出掛けたが、あの時のロサンゼルスとブータンのような感覚になった国はない。

今は、どこに行ったらタイムトラベルの体験ができるだろうか。アメリカには、もう日本の希望となる未来像はないだろう。他の国に見出すこともむずかしい。

過去は――。またブータンに行けばいい、と思いたいが、ブータンは開国してから急激に近代化したということだ。私が訪れた時は、首都ティンプーでも通りに小さな食料品店が数軒と、道端に足踏みミシンを置いて商売している仕立て屋が目立つくらいだったのだ。それが今ではテレビ放送も開始し、インターネットも使えるようになったという。国を開けば人の暮らしが変わるのは当然のことだ。旅人の私が勝手にセンチメンタルなものを求めるのは間違いだが、できれば、変わったのは生活だけで、人の心はあの時のままだといいのだけれど……とおせっかいながら案じている。

目標となる未来は病んでいるように見え、古き良き過去も消えてしまったかもしれない。何だかよりどころがなくなったみたいで少し淋しい気がする。

でも、時間というのは始まりも終わりもないもの。時はめぐる……。最近、私はあのブータンの旅で過去に行ったつもりになっていたけれど、本当は遠い未来へのあこがれを見ていたのかもしれないと思うようになった。日本人が本来生きてきたはずの自然との暮らし。自給自足をし、家族単位で生活をし、文化を大切に伝承していく。今の私たちが取り戻そうとしているたくさんのものが、あの時のブータンに確かにあったのだ。

もし、タイムマシンで未来に行くことができたら――。私は、何百年か先の日本に降り立ってみたい。その時、未来の日本人はどんな顔で私を迎えるのだろう。あのブータンの人たちのような表情であればうれしいのだが……。

フツーでフシギな報道局

大雑把だが、テレビに関わる人たちの服装にはパターンがある。

ドラマをつくる人は、ジャンパーとジーンズといった一見何てことないスタイルに見えるが、実はメーカーや素材に自分なりのこだわりを持っている。どこか垢抜けないふりをしているようでもある。

歌番組は、どうしてそんなに羽振りがいいのかブランド物のスーツに金ピカ時計といった派手な人が多い。自然に態度も派手になる。

ドキュメンタリー、紀行番組は、喫茶店で打ち合わせをする時もアウトドア派の印象が強い。ダンガリーのシャツ、釣り用のベストの胸ポケットに万年筆などさしている。髭を生やしているのもこの分野の人だ。

私が長い間テレビ局で一緒に仕事をしてきたのは、服装も顔も髪も個性的な人たちばかりだった。

だから、ニュース番組のキャスターを引き受け、報道局の広いフロアに足を踏み入れた時、私はまるで別世界のように感じたのだ。

何て地味なんでしょう。

アルバイトの若い男の子や外部の制作会社の人は違うが、いわゆる報道局員のほとんどがグレーや紺の背広姿なのだ。オーソドックスなネクタイに、髪も毎朝七・三に分けてくるといった感じ。みなさんキチンとしたサラリーマン風なのである。いえ、テレビ局の社員なのだから、れっきとしたサラリーマンなわけで、たまたま私がそういう人たちに囲まれて仕事をしたことがなかったからやたら珍しく思えたのである。

普通っぽいな——。

私はどこかお堅い会社の新入社員になったように緊張した。

しかし、少しすると彼らが平凡なおじさんではないことに気がついた。

何気なく耳にする日常会話の中にニュース用語が頻繁に出てくるのだ。

たとえば、
A「今度のゴルフの場所なんだけどさ、遠いだろ。部長が難色を示してるんだよ」

B「そりゃ、率直に言ってオレもそう思うね、あそこにしたのは何か思惑でもあるわけ?」

A「いやいや、別にそういうわけじゃないんだけど……」

C「おや、何だか不透明だね、慎重な対応を求めますよ。大事なコンペなんだから」

A「ハイハイ、善処します。わかってます」

というような具合、私なんぞ生まれてこの方使ったことのない言葉が当たり前に目の前を行き来しているのだから、最初は面くらってしまった。

(もしかしたら、報道局って感覚が違うのかもしれない)

そんな風に思ったのだが、やっぱりというか、報道局員のちょっとした行動に私はへー、と驚くこともあった。


その頃はまだ阪神大震災の起きる前で、東京でも小さな地震に対する反応は「あれ、またか」くらいだった時だ。


震度1か2の地震が来ると、報道局もグラッとひと揺れし、天井の照明がユラリと動く。

「オッ、地震だ……」

すると大勢の人間がサッと席を立ち、すばやくフロアの壁際に集まるのだ。そこにはテレビモニターがいくつも並んでいて、各局の番組が同時に見られるようになっていた。その前に集まった人たちは腕組みをしてジッと画面を睨んでいる。


何を待っているのかというと——。

ピッピッという合図で画面のひとつに「地震情報」が出る。

「ただ今、関東地方で地震がありました。各地の震度は……」

と、そのとたん、

「お、TBSだ」

「ＴＢＳか……」

と悔しそうな声。続いて、

「おい！　ウチはどうした！」

「ホラ、フジも入ったぞ」

「何モタモタしてんだ。早くしろよ」

それはもう口々に文句を言うのだ。

どの局が一番に速報を出すか、それが大問題なのである。

どこが早いといっても、速報はせいぜい何十秒の差ですべての局が出揃うのだ。一般の家では全部のチャンネルを一度に見ているところはまずないだろうから、視聴者はどこの局が何秒早いなんて気にもしていないだろう。でも、そこが報道、局同士の競争があるのかこだわるのだ。自分の局が一番だと無邪気に喜び、最後だとしばらく不機嫌になる。運悪くＣＭだったりすると、三十秒から一分も速報を出せないのだが、そんな時は身をよじって悔しがるのである。その熱くなっている様子は、何だか子どもっぽいのだった。

新入社員の私としては、担当者以外の人までよってたかってムキになるほどのことじゃないんじゃないかなー、と思うのだが――。

「報道は速報性が命」。ごもっともです。彼らは地味な背広の下で、日々闘争心を燃やしているのだった。

「何か起きないかなあ」

穏やかな昼下がり、担当デスクが何気なくつぶやくこのひと言に、初めの頃はドッキリした。

いつもは一時間のニュース番組には収まらないくらい、世の中にはいろいろなでき事が起きる。担当デスクは次々に入ってくるニュース素材をチェックして、全部入らないなあ、と頭をかかえてニュース項目を削るのが仕事なのだ。

それがごくまれに、ニュースが足りない日があるのだ。

国会の動きもない、外国からの重要な電信も入ってこない。円や株も大した変動なし。何とか白書やアンケートの結果というような発表物もない。こういう日にはどこかでお祭りでもやってくれると有難いのだが、それもなし。

そんな日の報道局は気味の悪いくらい静かだ。たまに暇なのは結構なのだが、番組をつくる上では頭が痛い。ニュースが足りないからといって「それではさようなら」と早めに終わるわけにはいかないのである。

夕方の番組開始まであと四時間はある。そこで、担当デスクは頬づえをついて、

「何か起きないかなあ」

とつぶやくのである。

その気持ちはよくわかる。しかし、これは何気ないようで、ものすごいことを期待しているのだ。

普通、突然にニュースになるようなことといえば、事件か事故と相場が決まっている。だから、担当デスクのつぶやきは、どこかで火事でもないかなあ、銀行強盗でも起きないかなあ、と、私には聞こえなくはないのである。

考えてみると、ニュース番組で取り上げる「世の中のでき事」というのは、そのほとんどが悲惨なこと、腹の立つこと、何だか納得できないことだ。戦争や事件、事故、政治のかけひき……。うれしいことや幸せなことは、それに比べるとごくわずかだ。本当は、地球上で一日何事もなく平和に過ぎるのが望ましいのだが、それでは仕事にならないのが報道局。因果な商売なのである。

ひとたび大事件、大事故が起きた場合、報道局は一気に蜂の巣をつついたような騒ぎになる。

一九八八年の三月二十四日に起きた大惨事の時もそうだった。中国の上海で修学旅行中の高校生を乗せた列車が衝突事故を起こしたのだ。この事故で結局死者二十七名という犠牲者が出たのだが、日本に第一報が入った後、中国から正確な情報がなかなか伝わってこなかった。救助活動はどのくらい進んでいるのか。死傷者は？　事故の原因は？　あせっても何もわからない。報道局はイラ立つばかりだった。

翌朝からどの局でも、この事故について放送していた。報道局の私の机にも小さなテレビが付いている。私は上海の事故現場と高知の高校を交互に映す画面から、目が離せなかった。

学校では生徒の父母や先生が集まって、ひたすら連絡を待っている様子が映し出されていた。誰もが重苦しく黙って頭を垂れている。ジッと目を閉じて祈るようにしているお母さん。そのお母さんの肩に手を置き必死でこらえているお父さん。

私は胸が痛くなった。異国の地で、自分の子どもがつぶれた列車の中に閉じ込められているかもしれないのだ。怪我をしているんじゃないか、運が悪ければもしかしたら……と気が気ではないだろう。一刻も早く子どもの無事な顔を見たいはず……。

私は他のニュース原稿の下読みもしなければならないのに、生徒の安否や家族のことを思うとなかなか手をつけられなかった。

その私の頭の上では報道局の人たちの大声が飛びかっていた。

「オイ、何人だ！　何人死んだかまだはっきりしないのか！　間に合わないぞ！」

「名簿はどうした！　フリガナはついてるな！」

「旅行会社のコメント使うの、使わないの？　よーし、じゃ十秒もらうぞ！」

報道局は、興奮状態に包まれていた。活気にあふれ、そしてみんな生き生きと張り切っていた。

その中にいて、私はひとり取り残されていた。周りの高揚した空気にはとてもついていけなかった。

しっかりしなきゃ……。

何とか気持ちを高めようとしたが、自分の番組が始まってグシャッとつぶれた列車の映像や、遺族が泣きくずれる様子を見ると、再び心臓がドキドキして鼻のあたりが熱くなるのだった。

落ちついて、落ちつかなきゃ……。

私は上海の現場にいる特派員との衛星中継でのやりとりや、高知の地元記者との話を何とか時間どおりにこなすだけで精一杯だった。番組を見ている人たちには、私はおろおろと頼りないキャスターに見えただろう。

こういう時にこそテキパキと頭を働かせて対処できなきゃいけないのだ。番組を始めて半年足らず、いつにも増して、私はニュースに向いていないんだなあ、と後で反省したのだった。

何年も経験を積めば、こういうことに慣れて冷静に平気な顔で番組を進行できるのだろうか——。でも、正直なところそんな感覚になりたいとは思わないのだ。

ニュースの仕事を離れて、今は一般の視聴者としてテレビニュースを見る立場だ。相変わらず大きな事件や事故が後を絶たないが、その度に、

(今頃は報道局は大騒ぎだろうな)

とてんてこ舞いしている様子が目に浮かぶ。

そして、ごくまれだが、

「大変な事故が起きてしまいました……」

と言いながらその表情は、張り切るのを通り越して嬉々として見えるキャスターがいる。きっと優秀な人、でも私はチャンネルを変えてしまうのだ。

報道局はフツーなようで、フシギな世界であったのだ。

嘘◆ドキュメンタリー

流浪の民の心地よさ

梅干し、おしょう油、正露丸。これが海外旅行の三種の神器、成田で出発する日本人に聞けば、七十パーセント以上の人がトランクにしのばせているのではなかろうか。もちろん私も例外ではない。経験からいうと、この三つ、実は旅先で使い切ることはあまりない。むしろ「いざとなったら持っている」という精神安定剤としての役割の方が大きいのだ。そして本当にいざという時（お腹をこわしたり、熱が出た時）、異国の地で梅干しひと粒、おしょう油ひとたれの有難みに涙するのである。

さて、私は荷作りする時、必需品として他にも忘れてはならないものがたくさんある。蚊取り線香一缶、懐中電灯、消毒液、トイレットペーパー、ガムテープ、洗面器……。目的地がパリやニューヨークならこんなものは必要ないが、ここ数年私の行く地域は遠くて不便なところ、辺境と呼ばれる場所ばかりなのだ。それも一ヵ月なんて長期の旅だから、荷作りもパック旅行のとは大きく違ってくる。

まず、暑い土地ならホテルに泊まるにしろテントにしろ、蚊取り線香があれば安眠できる。いろいろな国の似たような線香や虫よけスプレーを使ってみたが、日本製の蚊取り線香が一番優秀だった。また、ホテルと言えども停電は特別なことではない。懐中電灯は常に枕元に置いておく。消毒液やトイレットペーパーは言うに及ばず、ガムテープはホテルの部屋の窓ガラスが割れていたり、すき間風が気になる時に活躍する。

そんな宿はシャワーや洗面所も快適とは言えないから、役に立つのが洗面器だ。部屋の洗面台の栓はまずないと覚悟していた方がいい。洗面所さえないところだってある。洗面器は顔を洗ったり洗濯したり、きれいに洗えば、食器の代わりにもなる優れものだ。

荷作りは、そういう必需品をまず揃え、次に着替えを詰める。日頃捨てずにとっておいた着古した下着に毛玉のついた靴下、よれよれのTシャツ、ヒザの出たコットンパンツ。山ほど持って行って、現地で着ては次々に捨ててゆくのだ。洗濯もままならない場合が多いから、この方法が一番。おまけに旅の終わりにはトランクの中身が減って、おみやげを入れるスペースができる。あとは洗面道具と二、三冊の本、日本の味おせんべいをトランクに詰めるとだいたい八割がたいっぱいになる。最後にトランクの空いているすき間に、百円ライター、もらいものの電卓や安い腕時計をきっちり挟み込んでゆく。

日本では珍しくもない電卓や時計が、現地で華々しく活躍をすることが多いのだ。通りすがりに親切にしてくれた人にあげると喜ばれるし、物々交換の時も出番となる。ギリシャの島で、私はエーゲ海のような瞳をした少年が持っている小さな壺が欲しく、少年は私の時計が気に入った。めでたく二人は交換してお互いに満足したのだった。そんなことも旅のいい思い出になるから、なるべく日頃から細々したものをひき出しにため込んでいるのだ。

これで、ずっしりと重い辺境地用の荷作りのできあがりとなる。

このトランクを手に、ジャングルや岩砂漠、草原少数民族の土地や、危険地帯を歩いた。私の場合そのほとんどが仕事の旅である。

「よくそんなところに行きますねえ」

きれいな服を着てニッコリ笑うような仕事の方がずっと楽でいいじゃない、と言われたりする。

でも、仕事で旅をするのは、個人で行くより、ずっと面白みが増すのである。

まず、普通ではなかなか入れない地域まで足を踏み入れることができる。ブラジルのリオデジャネイロ、ファベイラと呼ばれるスラム街や、渡航自粛規制されているペルー、一九八六年マルコス政権崩壊直後の混乱したマニラなど、仕事でなければとても入れない場所だった。

そんな危険なところでなくても、一般の観光客が入れない場所に堂々と乗り込める場合が多い。たとえばバチカン市国、システィーナ礼拝堂にはミケランジェロの壁画「最後の審判」がある。その修復中に高い足場に上って、じっくりと間近に大傑作を鑑賞できたりするのだ。ついでに監視の目を盗んでキリストの足のあたりをチョロッと触ったりできるのだからたまらない。

それに、通訳や専門家が一緒だから、その国について詳しくしつこく知ることができるのも魅力だ。

安全面だってひとり旅よりは心配がない。行動を共にするのはたいていむさ苦しい（失礼）男性スタッフばかりだから、常に五人以上のボディガードがいることになる。おかげでイタリアや中近東といったナンパ天国でも、私は現地の男性からデートにさそわれたり結婚を申し込まれたりしないのである（残念）。

とまあ、汚い、きつい、危険と三Kではあるものの、仕事の旅は充実した日々を送り、忘れられない思い出を残せるのだ。

一ヵ月くらいそんな旅をしていると、時々自分が国籍も故郷も持たない流浪の民になったような気持ちになる。家を持たずに町から町へ渡り歩いて一生を過ごす、そんな生き方に昔あこがれたこともあった。私の旅も、毎日トランクひとつで各地を点々と移動する。車に揺られて夜どこかの町に着き、翌朝初めて自分が居る場所を知る。そんな生活はまず日常ではあり得ない。

私は、朝目覚めて窓のカーテンを開ける瞬間が好きだ。

朝の光と共に、目の前に大きな山が立ちはだかっていて、びっくりする時もある。赤レンガの屋根づたいにパンが焼ける匂いが漂ってくることもあれば、ミサの歌声が聞こえてくることもある。

モロッコのマラケシュで朝を迎えた時は、窓の外にピンクの町が現われて息を飲んだ。家を造る土の成分がもともと赤っぽい色なのに、射るような強い陽差しと風に舞う土埃で、町全体が妖しいピンク色に見えるのだ。前日、陽のあるうちに町に着いていれば「へー、面白い色……」くらいにしか感じなかっただろうが、朝カーテンを開けて突然のピンクだからドッキリする。マラケシュはそれだけで魅力的に思えてくるのである。

フランスのブルターニュ地方、小さなホテルで寒々しい朝を迎え、窓を開けたら、霧のかなたに修道院がポツンと浮かんでいた。モン・サン・ミッシェルだ。奇岩城のような島の上に建つ僧院は幻想的で、私はまた夢の中に逆戻りした。冷えた空気で、腕に鳥肌がたつまで窓から離れることができなかった。

そんな毎日を積み重ねていくと、不思議なことに日本での暮らしが遠く思えてくるようになる。何か感覚が鈍ってくるのだ。

どこかの国の路地を歩いていて、ふと思うことがある。私は誰なんだろう。どこから来たんだっけ……。

東京での生活、楽しみ、いろいろな悩みごと、将来の夢とか不安もすべて風に飛ばされて、私には「今、ここにいる」、という実感しかなくなるのだ。これが何ともいえず心地いい。

流浪の民になった錯覚、本当の人生をちょっと追いやって、つかの間の嘘の人生を送ってみる。もしかしたら一番ぜいたくな旅なのかもしれない。

偽父《にせちち》の怪

あっぱれしてやられたり！　と上手なウソをつかれたことがあった。

ある夜のこと、家に帰って留守電を聞くと友だちのMさんから「電話をくださいネ」と伝言が入っていた。ほんの二十分前にかかってきた電話だ。

すぐに彼女の家に電話をすると、聞き慣れない男の声が出た。

「モシ、モシ」

あれ、と思ったが、Mさんのお宅ですかと尋ねると、

「ハイ、そうですが」

という答え。中年過ぎの男みたいだけど誰かなあ、と思いつつ、

「一代さんいらっしゃいますか」

と聞いてみると、

「今ねえ、出かけているんですよ」

と言う。エーッ、ほんのちょっと前まで家にいたはずなのにおかしいじゃない。

「あの、M一代さんのお宅、ですか？」

と確認すると、

「そうですよ」

と落ちついた答え。

実は私は間違った番号に電話をしていたのだ、がこの段階では気付いていない。田舎からお父さんでもいらしているのかな、くらいに思ったのだ。

「ついさっき電話を欲しいと留守電に入っていたんですけど、あの、何時頃もどられるかおわかりでしょうか」

「さあて、友だちから電話がかかってきましてね、急にスキーに行くことになったんですよ」

またエーッだ。だって彼女は大かぜをひいていて、やっと治りかけたところなのだ。何でスキーになんて行ったんだろう。

「体の方は大丈夫なんですか？」

「ええ、まあ、本人は大丈夫って言ってましたけど」

「あの……あのお父さん、でいらっしゃいますか？」

「ハイ、そうです」

何か変なのだ。でもあまりにスラスラ受け答えするのと、若者ならいざ知らず、声の調子では五十歳過ぎで、少しなまりがある男性である。まさか、かかってきた電話でいたずらはしないと思うのだ。

私はもうちょっと聞いてみることにした。

「それで、リュウちゃんは……？」

リュウちゃんとは四歳になる男の子だ。

「ええ、連れていきましたよ」

とまた人の良さそうな声が返ってきた。動揺はない。困った……。もしお父さんだったら、との迷いもあるから、私は「では連絡を待ってますからとお伝えてください」と言うしかなかった。

「ハイ、ハイ、伝えます。星野さんですね、じゃ、どうも」

と相手は電話を切った。

何だか釈然としない。受話器を置いて、今の会話を思い返してみた。やっぱり変だ。もう一回かけてみようか。でもまたお父さんらしき人が出たらどうしよう……私はずっとモヤモヤした気分で時を過ごした。

その夜遅く当のMさんから電話が来た。彼女は大笑いだ。

「何やってんのよー。お父さんなんか来てないし、第一私がスキーなんかに行けるはずないじゃない、わかってるでしょ」

そうなのだ、彼女が私の留守電にメッセージを入れてから二十分、その間に友だちから電話が来て、スキーの支度をして子どもまで連れて出かけるなんて不可能だ。もう本当に自分のマヌケさ加減が情けない。よく聞いたら、彼女の新しい電話番号を私が書き間違えていたのだ。0が6になっていた。

しかし、突然来た間違い電話に、あんなにスラスラ、ウソの受け答えができるものだろうか。人の良さそうな声の初老の男性がだ。後で思えば変な内容だけれど、言葉につまるとか、考えながら言葉を選ぶという気配がまるでない。だから私はコロッとだまされてしまったのだ。

思い返すとくやしい。ああ、もう急に腹が立ってきた。

何とか逆襲できないだろうか。偽父の電話番号はわかっている。Mさんの電話番号の0を6にすればいいのだ。

こちらから電話をかけて、「Mさんのお宅ですか、先ほどの者ですけれど」と何気なく言えば、

「ハイ、どうも」

とくるに決まっている。その次に、私が何か偽父を困らせるようなことを言えばいいのだ。思わずムムッと言葉が出なくなるようなことを。そして私はすかさず、すまして言うのだ。

「ウソはいけませんわよ、ホホホ……では」

と電話を切る。そしたらスッキリするだろうなあ。

ところが、そのムムッとつまるようなことが思い浮かばないのだ。偽父の柔軟な対応と落ちついた話しぶりをひっぺがすようなひと言が。

私は二、三日真剣に作戦をたててみようとしたが、とうとう電話をかけられなかった。私には偽父のように電話でうまくウソをつく自信がないのだ。きっと私の方がうろたえるだろう。とちったりどもったりしそうだ。逆襲のチャンスは一回だけ。もし失敗したらかえって悔しい思いをすることになる。

脱帽だ。彼の見事な演技力には太刀打ちできないと、私は逆襲をあきらめた。

それから一年近く経った今でも、時々思い出す。偽父は一体どんな人なのだろう。電話でウソをつく技術はどうして身につけたのだろう。静かな夜、ふとあの番号をプッシュしてみたくなったりするのである。

やらせの共犯者

クイズ番組を見ていて、特定の解答者だけ正解率が高いと、
答えを教えてるんじゃないのォ？

と怪しむことがある。

私も噂を耳にしたりするのだ。レギュラー解答者の○○さんは番組のADの女性と恋仲で、彼女から収録の前日に教えてもらう、とか、○○さんは番組のスポンサーのコマーシャルに出ているから、出演する時は恥をかかせるわけにはいかない、とか。真偽の程はわからない。

しかし、せっかく教えてもらっていても役に立たないこともあるらしい。ある女優さんは第三問の正解「ヘビ」を第二問の時に答えてしまい、司会者を慌てさせたという話もある。

私も教えてくれるものならぜひ、と思っているのだが、今のところそんな甘い経験はない。ただ、目撃したことはある。本番中に答えを教えるという、大胆な行為があったのだ。

以前、私が司会を務めていたクイズ番組に、解答者として歌手の大御所が出演していた。その番組は手元のブザーを先に押した人に解答権がある、いわゆる早押し形式で、クイズ番

組に出るのは初めてというその人は、速いペースの展開になかなかついていけないでいた。ある問題（それがどんな問題でどんな答えか忘れてしまった）で、五人の解答者（大御所以外）が次々にブザーを押してもなかなか正解が出ない時があった。答えを知っている私はヒントをほのめかしたりしていたのだが、スタジオの隅の方、でひとりのADさんが大きな紙を掲げているのが目に入った。私への指示かと紙を見たらびっくり、紙にはでかでかとその問題の答えが書いてあるのだ。

嫌だ、インチキじゃない。

私はイヤーな気持ちになった。そのADさんの視線の先を追うと、真っ直ぐに大御所に向けられていたのである。

ところが肝心の大御所が気が付かないのだ。エート、エートと首をかしげているばかりなのだ。困ったADさんは、何とか気づいてもらうためにジリジリと前の方に出てくるしかなかった。少しずつ、少しずつ進み、とうとう隅の暗い部分からライトに照らされている舞台の中央まで来てしまった。それでも大御所は気付かない。

ADさんは必死だった。何とか見てもらおうと掲げた紙を揺すったり、大御所の顔が右を向けば、そちらに移動したりした。もう自分がどこに立っているかなんて構っていられないようだった。

そんな目立つところに答えが書いてあるのだから、他の解答者たちの目に入らないはずがない。嫌でも見えてしまうのだ。

ところが、誰もその正解を答えないのだ。クイズ慣れしているタレントさんたちは、紙に書かれている正解が大御所のためだと判っていた。だから、わざと間違った答えを言って、騒いで時間を稼いでいるのだった。

解答者全員の気持ちはひとつになっていた。

（ああ、もう早く気付いてヨ……）

ADさんがさらにジリ、ジリ、と近付き、解答者席から三メートルほどの距離になったところで、ようやく大御所の目が紙をとらえた。

大御所は嬉しそうにブザーを鳴らし、大きな声で正解を答えた。

ピンポーン！

いやあよかった——。

他の解答者たちはホッとして大拍手。ADさんはそそくさと身を縮めて、暗がりの方へ走っていった。

私はおかしくておかしくてしばらく笑いが止まらなかった。

ここまで大っぴらに答えを教えると、もう笑うしかない。

クイズ番組をひとつのショウと思えば、こういうインチキも演出のひとつと言えなくはない。

視聴者は「それで面白くなるんならいいじゃない」と思うだろうか。それとも「答えを真剣に考えているのに何だ」と怒りを覚えるだろうか。

テレビにおける「嘘ややらせ」と「演出」の境界線は、視聴者ひとりひとりの物差しによってずいぶん異なっているのだと思う。

しかし作り手の側の物差しはそうはいかない。バラエティやクイズ番組なら笑って済まされても、特にドキュメンタリー番組となると、その境界線でしばしば大問題となる。

よく紀行番組などで、レポーターが偶然出会ったかに見える現地の人に誘われて、その人の家に行き、ごちそうになるというシーンがある。本当にそういう偶然もあるのだが、前もって適当な人を捜して頼んでおく場合も多い。またどこかの国で、男たちが舟をこいで海に漁に出て行くシーン。本当は天候が悪くて普通なら漁は中止なのに、撮影のために出てもらうこともよくあるのだ。

こういうことは、ドキュメンタリーの撮影ではごく当たり前のことだ。限られた予算と日数で撮影をこなす以上、未知の土地で偶然親切な人に出会う確率は低いし、漁ができる天気になるまで、何日も何週間もそこで待ってはいられないのだ。

何でもありのままに撮影し、放送するのがドキュメンタリーではない。作り手の意図をふまえた演出があり、その映像を積み重ねて対象物をきっちり描くのが、番組づくりなのだ。

しかし、作り手がその手法に慣れ、エスカレートし過ぎると、しばしば「やらせ事件」となってしまう。

ドイツで若者にお金を払って「ハイル、ヒットラー」とポーズをとらせた、とか、ネパールかどこかでスタッフに重い高山病のフリをさせたとか、中国で「ある警察官の証言」と偽って、別人に制服を着せ死刑囚の臓器移植について語らせたというのもあった。

「やらせ」という言葉はとても不快で他に言い方がないだろうか、と思っているのだが、こういう「やらせ」が新聞ネタになったりする度に、私はいつも胸が痛む。

実は「やらせ」は私にとって他人《ひと》ごとではないのである。

何年か前、ドキュメンタリーの番組でアマゾンに行った。一ヵ月半という長い旅で、私たちは十人のスタッフでリオデジャネイロからベレンへ、そして大河アマゾン川をずっと遡っていった。

ブラジル人の住む土地から、さらに奥地原住民インディオの暮らすジャングルに入り、いくつかの部族と会って、いよいよ最終目的地、ペルーとの国境近くで暮らすマチス族の村を訪れた。

彼らは、アマゾンの開発の波に押されながらも昔と変わらない生活を営む、あまり文明に侵されていない人たちだった。しかし、彼らの日常には石ケンも入っていたし、村の居住地内にはブラジル政府の人間が常駐して、彼らの健康を管理していた。テレビ局のカメラは、それらわずかの文明の部分は意識的に排除して撮影をしていった。

マチス族は、男も女も素裸だった。総勢二百人近くもの裸の人たちがウロウロしているのだから、もちろん最初はとまどった。でも、少しするとむし暑いジャングルの中で、シャツにズボンにトレッキングシューズを身につけている私たちの方が異様なのだと思えてきた。裸の方がずっと快適で過ごしやすい。それに肉体は日頃隠しているから、たまに脱ぐとヒワイで不自然なのであって、彼らのようにずっと裸でいる人たちの体は堂々として、見ている私もちっとも恥ずかしい感じはないのである。私は彼らの裸での暮らしをうらやましく思ったのだった。

ところが、マチス族が裸で暮らしているというのは、嘘だったのだ。

村に来て四日目になると、何人かは色鮮やかな短パンを身につけ始めた。

オヤ……？　初め私は何か特別な日なのだろうと思いたかった。が、そうではなかった。高床式の家の中には短パンが干してあったし、奥の部屋にはスカートやTシャツも置いてあるのだ。ショックだった。どうやら私たちが滞在している間は、撮影用に裸でいてもらうことになっていたらしいのだ。

彼らに薬を与えたり注射をするところを撮影しないというのもおかしいと思ってはいたけれど、まだ妥協はできた。でも日頃身につけているパンツを脱いでもらうなんて信じられなかった。

「なぜ、裸でなければいけないんですか？　なぜ、ありのままの姿で撮影しないんですか?」

私は驚きと怒りを抑えて、ディレクターに聞いた。

マチス族は独自の文化を持ち、プライドの高い民族だ。彼らの生き方や暮らしぶりは、パンツをはいていたって少しも恥じることはないはずだ。それをそのまま放送すればいい。

ディレクターはボソボソと答えた。この番組の最後の山場がマチス族で、今の時代にまだ裸で文明に侵されずに暮らしている人がいるという映像が欲しいから、というようなことを言った。

「パンツをはかないというのはテレビ局の意向ですか、それともあなた個人の考えですか?」

ディレクターは少し沈黙した。どっちを答えたらいいか迷っているようだった。そして、自分がそうしたいからだ、とつぶやくように言った。

彼の目は落ちくぼんでいた。一ヵ月を超える旅で体重もげっそり落ちたようで、日に焼けた顔は皮がむけて汚かった。

この番組は二時間半のスペシャル番組でテレビ局も力をいれていたし、制作費もかなり高額だった。ディレクターは番組の最後を飾るマチス族の暮らしを、どうしても感動的にしなければならないのだった。何千万円もかけて制作するスペシャル番組に失敗は許されない。

私はディレクターに賛同できるはずがなかったが、やつれたディレクターが目を伏せるのを見て、それ以上何も言えなかった。旅の間中、彼が大きなプレッシャーを背負っているのを私は知っていた。それに疲れているのは彼だけではなかった。他のスタッフも私も全員が肉体的精神的に極限だった。

話し合いはそれで終わった。私は共犯者になったのだった。

しかし、私は無口になった。パンツを見てしまった以上、「文明とかけ離れ、裸で暮らしているマチス族」というレポートはできない。私は残りの日々をやり切れない気持ちで過ごした。大きなスペシャル番組をつくる、それも面白く感動的に。そのためには視聴者をだまさなければならないのか……。でも、それだったらレポーターの私もだましてほしかった。

番組は放送され、そのシリーズで歴代最高の視聴率をとった。もちろん、マチス族のシーンは全員裸で、この地球上に今もこんなに原始的で人間らしい暮らしをしている部族がいる、と彼らをたたえ盛り上がって、番組は終わった。

素裸のマチス族は画面の中に圧倒的な存在感で登場し、見る人にインパクトを与えた。

私はテレビの前で、マチス族に詫びた。彼らは政府から保護されている立場だ。もともと裸で暮らしていたのだが、少しずつ文明に馴じむようにと、パンツをはくことを教えられたのである。それも悲しい現実だと思うが、ある日、日本人が来て今度はしばらくの間パンツを脱げという。人権を無視した失礼な話である。番組は開発や文明を批判するつくりになっていたが、マチス族が裸でなければ番組は成立しなかったのだろうか。いや画面はだいぶ地味になるがそんなことはないはずだ。

少数民族のパンツを脱がしてまで視聴率をとらなければならないというのは、日本のテレビ制作にとって悲しい現実である。

ロケから戻って二ヵ月後、私はスタッフと再会した。視聴率がいいと、打ち上げの会も華やかに開かれる。いろいろあったが旅の苦労を共にしたスタッフの元気な顔を見るのはうれしかった。

ディレクターは明るくほがらかだった。高視聴率に気をよくしてか、ロケ現場では見られなかった笑顔である。

「やっぱりさ、視聴率がよかったのはね」

と彼は上機嫌で話し始めた。

「あの裸だよね、マチス族のところになると、急に視聴率が上がっているんだよ」

私はびっくりして、思わず彼の顔をマジマジと見た。

彼は恥じてはいなかった。素直に喜んでいるのだった。むしろ、マチス族にパンツを脱いでもらったという、自分の演出を誇っているようだった。

なんだ、そうだったのか……と私は急に寂しくなった。

私は、きっとディレクターはやむなく番組のために作り事をしたのであって、心の中では葛藤もあっただろうし、うしろめたさもあったはずだと、勝手に思い込んでいたのだ。違ったのだ——。

　私はその日、改めて共犯者になった自分を悔やんだのだった。

　番組の放送後、ひとりだけ、

「あの人たち、ふだんは裸じゃないんじゃないの？」

と気付いた人がいた。知り合いのスチールカメラマンで、一緒に食事をしていて何気なく出た話題だった。

「ど、ど、どうして、わかったの!?」

　箸を持つ手を止めて、思わず私はどもってしまった。誰からもそんなことを聞かれたことはなかったのだ。画面には裸の人しか映っていなかったはずだ。

「あのね、彼らが狩りに行く時、槍を持ってぞろぞろ歩いて行くでしょ、その後ろ姿がね、全員お尻のところだけ少し色が白いんだよね」

　ウーン、なるほど……。私はうなった。もともと褐色の肌だから大きな差はないが、日頃はいているパンツの部分だけが日に焼けていないというのだ。さすがはカメラマンの目だ。マチス族と何日も一緒にいたのに、私は気づきもしなかった。

　しかし、よくぞ見ていてくださいました。

「そうなのよ、実はそうなのよオ」

と私はやたらに興奮した。何だかそのカメラマンが完全犯罪のアリバイをくずしてくれたようでうれしかった。

ひとりでも事実に気づいてくれた。私はほんの少し救われた思いがしたのだった。

三つの小さな嘘

助け舟

ある夜のこと。私のマンションに友人が遊びに来た。運転してきた車はマンションの真ん前に路上駐車をして、私たちは時々ベランダから様子を見るようにしていた。

三時間くらい経っただろうか、すっかり話し込んでしまい、ふと下を見ると、車の側に白い自転車が……！　何とおまわりさんが車のナンバープレートを覗き込んでいるではないか。

私たちは慌てふためいて、二段飛びに階段をかけ降りた。

「ちょっと待ってくださーい！」

玄関を走り出て声をかけた時、おまわりさんはまさに黄色い違反の札をリアウインドウに付けようとしているところだった。

間一髪、間に合った……。

私たちは呼吸の乱れを隠して、思いきり作り笑いをした。

「今、出ようとしていたところなんですゥ」

「ええ、そんなんですぅ」

手を止めたおまわりさんは私たちをジロッと見た。

「いつから、ここに停めてました？」

抑揚のない冷たい声だ。

私は彼女を助けようと、咄嗟に、

「三十分くらい前です」

と答えた。

おまわりさんの鼻のあたりがピクッと笑ったような気がした。

「違うでしょう。一時間以上前にここを回った時にもありましたよ」

ピシャリ、お見通しだぞ、という言い方だ。

これで心証を悪くしてしまったのは確かだった。

「ハイ、免許証を出して」

おまわりさんはテキパキと作業を済ませ、ガチャン！　と車にイヤリングのように札を付けると自転車でスィーと去って行ってしまった。

「ゴメンネ……私が嘘をついたばっかりに……」

たぶん嘘をつかなくても札はつけられただろう。でも、だったらなおさらつまらない嘘などつかなければよかった。

こういう時、人間が小さいなあ、と反省するのである。

姑息な嘘はつくものじゃない。

十分間のデート

大学一年生の時、同じ高校だった同級生が私を好きになってくれて、よく連絡をくれたり学校まで会いに来たりした。

私、今そんな気がないんです、と正直にお断わりしたのだが、その人は、じゃ一週間に一度来ます、とニッコリ笑った。

私の大学は校舎がいくつかに分かれていて、私は水曜日の二時過ぎに、一度学校の敷地を出て、橋を渡って別棟の校舎に移動するのだった。その人は、いつも二時には校門のところで待っていた。

次の校舎に着くまでの十分間一緒に歩く、それだったら迷惑ではないでしょう、とその人は言った。

とても真面目でいい人だった。

校門から二人並んでどうってことのない話をして歩き、次の校舎に着くと、その人はじゃまた来週、と手を振って自分の学校に戻っていくのだった。

何週間かそんなことが続いて、私は思い切って言った。

私、大学の先輩とつきあってるんです。

嘘だった。

一週間にほんの十分、それだけのために遠くからやってくるその人の思いが私には重かったし、あきらめてくれるなら早い方がその人のため、とも思った。

そうですか、どうもすみませんでした。

その人はいつもの穏やかな表情でそう言うと、帰って行った。

次の水曜日、その人は来なかった。

こういう嘘は、いい嘘だったのか悪い嘘だったのか。今もわからない。

ミニサイクル

私の実家は住宅街にあって、幼稚園、小学校、中学校と歩いて五分以内の恵まれた環境だった。高校に入ると少し遠くなって、二十分かかった。二十分くらいたいした時間ではないが、それまでに比べるとやけに遠くに思えてならなかった。

自転車だったらすぐなんだけどなあ……。

しかし自転車通学が許可されるのは何キロも先の町からで、私の家なんて問題外だ。

ある日、私は体育の授業中、走り高飛びで足首に軽い捻挫をした。保健室で湿布をしてもらっているうち、
これだ！

とひらめいた。ケガをすれば自転車通学の許可証をもらえるのだ。

包帯を巻いた足を引きずりぎみに、私は教務室を訪ねた。自転車通学担当の生物の先生は、ホウそうか、とろくに私の足を見もしない。

めんどうそうに机の引き出しから木の札を取り出すと、

「治ったら返すんだぞ」と渡してくれた。

どうせ戻ってこないだろうけどな、と口には出さなかったが、先生の顔にそう書いてあった。私のケガが自転車通学をするほどのものじゃないとわかっているようだった。

そうです！　その通り！　私は木の札を手に教務室を出ると、スキップして教室に戻ったのだった。

それからほぼ三年間、私は雨の日以外は赤いミニサイクルで通学した。

嘘をついたなんて罪の意識は全くなかった。やった！　てなものだ。

でも今になって、そんなことを思い出すのは何でだろう。

嘘って、ずっと心のどこかに引っかかっているものなのかもしれない。

歳時記あちらとこちら

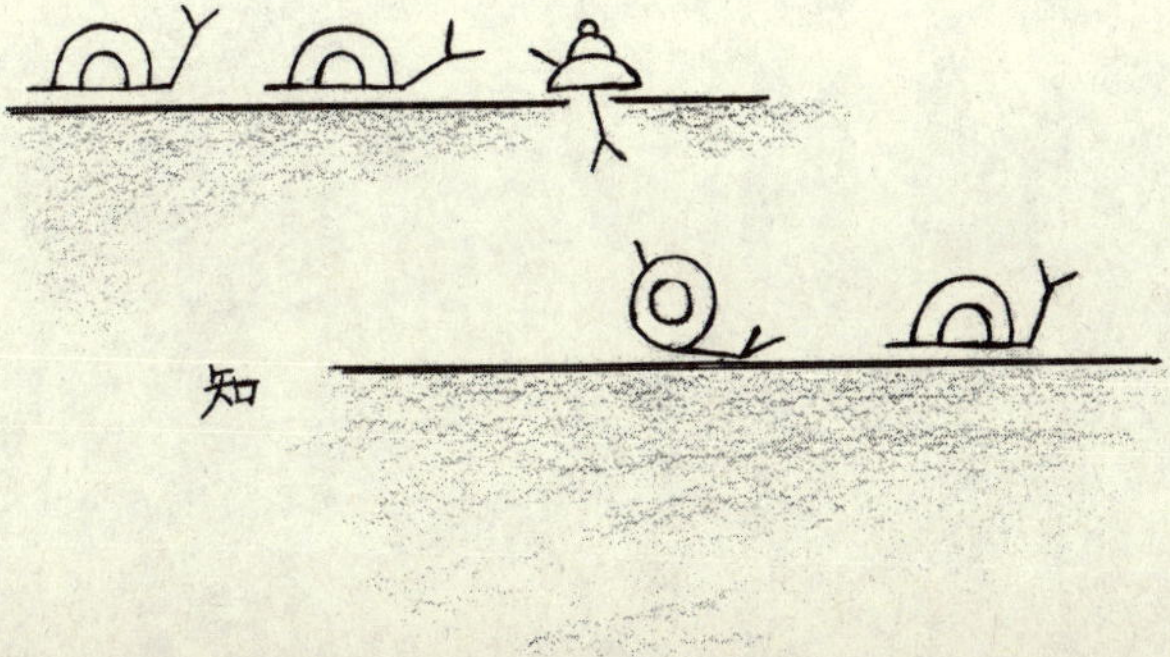

一月　遠い国でのおせち料理

重箱にきれいに収まったおせち料理。デパートで売っているものより見栄えは悪いが、ひと品ひと品手作りだから味ではひけをとらない。お餅は雑煮の他に黄粉《きなこ》と小豆《あずき》を用意する。それに大鍋で作った新潟の郷土料理「のっぺい汁」が添えられて、我が家の新年は始まる。昔と違って、今の日本はとりたてておせち料理がごちそうとは限らない。でも、やはりおせちを愛でて、一口食べないと、新年を迎えた気になれないものである。

日本にいる時はいいが、お正月を海外で過ごす場合は仕方がない。

以前ハワイでお正月を迎えたことがあった。爆竹とキスの嵐の中で騒がしく年が明け、それはそれで楽しかったのだが、何だかあっけなく物足りないお正月だった。

それから二、三年して今度はブータンでお正月を迎えたのだが、その時は思いがけず立派なおせち料理をいただくことができた。

ブータンは、インドと中国に挟まれた小さな王国で、人々の多くはラマ教を信じ農業を営んでいる。風土や生活習慣が日本とよく似ていて、親しみを感じる国である。

ただ太陽暦ではないので一月一日は特別な日ではないのだ。まあ仕事で来ているのだし、お正月気分はあきらめていた私だが、スタッフがそれも淋しいということで「おせち料理セット」なるものを持参してくれていた。世の中便利なものがあるもので、昆布巻きや数の子、田作りなどがそれぞれ真空パックになっているのである。

大晦日の夜、私たちは宿舎の台所を借りて、大量のビニールパックを鍋で煮た。宿舎の従業員たちが興味津々、半ば気味悪そうに見守る中、エビはピンと赤く湯気を立て、黄色と白の錦《にしき》たまごも鮮やかに出来上がった。温めたおせちセットを大皿に並べると、テーブルは一気にめでたい気分が盛り上がった。

そして、異国の地での年忘れ大宴会が始まった。もちろん宿舎の他のお客さんや従業員も一緒である。

私たちにとっては久しぶりの日本の味、レトルトのおせち料理はどれも感動的だった。でもブータンの人たちはというと――、日本人はおめでたいハレの日にこんなひどいものを食べるのかと、びっくりしたようだった。恐る恐る箸をつけた数の子は「何？　これ」と眉をしかめ飲み込めず、田作りも固くてまずいとのこと。黒豆だけはうまいうまいと食べてくれた。

その様子が面白く、私たちはおせち料理を肴に持参した日本酒とブータンの地酒チャンを酌み交わした。大晦日の夜は賑やかに更けていったのである。

次の日の朝、私は目覚めてすぐお日様に向かって手を合わせた。標高二千メートルで見る朝日は、眩しくて目を開けていられないほど輝いていた。ブータンではいつもと同じ一日の始まり。でも私には夕べのおせち料理のおかげで、特別の「初日の出」に思えたのだった。遠い国で日本らしいお正月を迎えられた、なつかしい思い出だ。

二月　精霊の潜む場所

子どもの頃、節分の日が楽しみだった。何たって豆まきは気持ちがいい。日頃食べ物を投げるなんてお行儀が悪い、勿体ないと叱られるのに、邪気や厄をはらうという大義名分のもと、大っぴらにそれができるのだ。

「鬼は外、福は内」

パラパラと部屋中に散らばる豆の音が何だかやたらおかしくて、節分とは、年に一度の特別の鬼ごっこだと思っていた。

そんな節分の日から数日経つと、いつもテレビニュースで似たような行事が紹介された。秋田・男鹿半島の「なまはげ」だ。テレビで見るなまはげは単純な鬼のお面などではなく、蓑と腰巻きを身にまとい、すさまじい形相で、

「ウォー、泣く子はいねぁがー。悪い子はいねぁがー」

と恐ろしい声で村の子どもたちを震え上がらせていた。私は、なまはげと節分を混同していたから、

「秋田の鬼はなんて怖いんだろう、秋田に住んでなくてよかった」

と胸をなでおろしたりしたのだった。

最近、この「なまはげ」とよく似た風習をブラジルのアマゾン河流域で見る機会があった。現代文明とはほとんど隔絶された密林で暮らす、インディオの村でのことだ。

ある月の明るい夜、村人たちが広場に集まると、ジャングルの方から異様なものが近づいてきた。それがなまはげそっくりなのだ。よく見ると、インディオの若者が頭や体に木の枝や葉をくっつけて扮装しているのだ。

彼らは広場に着くと、しばらく足を踏み鳴らして踊り、ひとりの子どもを引きずり出して、押さえつけた。そして、ヒーッと泣き叫ぶ子どもの背中を、持っていた木の蔓《つる》のムチで思いきりバシッとひっぱたいたのだ。子どもは痛いのと怖いのとで声も出ない。転がるように自分の家の方に逃げて行った。驚いたことに周りの大人たちは、それを見て面白そうに笑っているのだ。

そんな風に次々と子どもたちがムチで打たれていくのだから、傍らで見ていた私はおろおろしてしまった。

ところが、説明を聞いて納得した。

異様なものの正体は「森の精」なのだそうだ。インディオたちは、森には「いい精霊」と「悪い精霊」がいると信じている。子どもたちに怖い思いをさせるのは、小さい内に森に対する畏れを教えるためだというのだ。

なるほどねえ、と私は感心して村の後ろに広がる森の方に目を凝らしてみた。月明かりにボーッと浮き上がって見える森は、確かに神秘的で精霊が潜んでいるように思えるのだった。

こういった習慣は、日本をはじめ世界の各地にたくさん残っている。共通しているのは、精霊や鬼は必ず山や森、自然の中からやってくるということだ。

人は、たくさんの恩恵を蒙っている自然に対して畏怖の念を抱いていた……はずなのだが——。

日本には精霊や鬼が潜めるような居心地のいい場所がなんと少なくなってしまったことか。これは寂しいことである。

三月　お彼岸の静かな賑わい

たいていの人がそうだと思うけれど、夕暮れ時に墓場の側を通るのはあまり気持ちがいいものではない。それが人通りのない細い道で、カラスが、カァ……なんてひと声鳴いたりすると、なおさらだ。つい息を潜めて急ぎ足になってしまう。

別にお化けが出ると思っているわけではないのだが、墓場はもともと暗くジメッとした場所が多い。そこに物言わぬ灰色の墓石が並んでいる風景というのは、たまらなく淋しそうなのだ。

日本と比べると、外国で訪れた墓地はずいぶん雰囲気が違っていた。

アメリカのある兵隊さんたちの共同墓地は、ひとつの丘全体を芝生で敷き詰めたものだった。そこに墓碑銘を刻んだ何千という小さな石板が、等間隔に埋め込んであるのだ。いたってシンプル、整然としている。陽光を浴びた一面の緑がさわやかで、ここでお弁当でも広げたい！　と不謹慎にも叫びたくなるほど、あっけらかんとしていた。

ヨーロッパの墓地はというと、これまた不謹慎だが、私は美術館にでも入ったような気分になる。

大きさも形も異なっているたくさんの墓石は、故人を偲んで思い思いに装飾されているのだ。天使や花束が彫刻してあったり、故人の顔のレリーフが微笑んでいたりする。刻んである文字も、華麗な字体でメッセージが綴《つづ》られている。心を込めて建てられたお墓は、故人や家族の人柄がにじみ出ていて、ひとつひとつが個性的だった。

そんな他の国の墓地を見るにつけ、日本のお墓ももっと親しみやすい雰囲気だといいのに、と残念な気がしてならないのだった。

でも、一年に何回かだが、日本の墓地がとても身近に思える日がある。お盆とお彼岸の時だ。

車でよく通る抜け道に、青山墓地の中を突っ切る道がある。環境も良く、緑の多い場所なのだが、やはりシンミリと淋しそうだ。この道を走る時はついアクセルを踏む足に力が入り、一気に駆け抜けるのがクセになっていた。

それが、お彼岸の時だけは、ゆっくりと通りたくなるのだ。いつもは灰色の世界だった墓地が、お墓は活き活きとした花で彩られ、お参りの人影も見え隠れして何だかあたたかい。墓地は静かに賑わっているのである。そしてお線香の煙がフンワリ墓地全体に漂って……。この世とあの世の境い目が、お線香の煙のゆらめきの中でやさしく融合しているように見えるのだ。

菊の花の清々しさ、春の風に交じるお線香の匂い、ローソクの炎の色、そういうものに落

ち着きをおぼえる自分に少々驚きながら、

何だかんだ言っても日本人、やっぱり日本の感覚が合っているんだわあ。とお彼岸になるとしみじみ思うのである。

四月　熱帯の桜

桜前線が気になる季節。南の方から次々に桜が開花し、日本列島が春に染まっていくのは毎年のことながら胸がときめくものである。

桜は不思議な花だ。満開の木の下に立つと、いつもその美しさに感動するのだが、同時に何か切なく息苦しさをおぼえるのだ。桜は人の心を揺さぶる魔力を持っているのかもしれない。あるいは、私の記憶の中のノスタルジックな部分を刺激するのかもしれない。

大きすぎるランドセルを背負って行った小学校には、桜の大木が咲き誇っていた。花びらがハラハラと舞う行方を目で追いながら、桜並木をデートしたこともある。私の様々な思い出のそばで桜は咲き、舞い、散っていたのだ。

桜を見ると、たいていの人は私と同じような気持ちになるのではないだろうか。一年に一度、それもほんの短い期間しか咲かないのに、桜は私たちに特別の感情を抱かせてしまう花なのだ。

常夏の島サイパンを観光中、南洋桜《なんようざくら》と呼ばれる木があることを知った。

「本当の名前は知らないんですけどね。昔、日本の兵隊さんたちがそう呼んでいたんだそうですよ」

海岸の一本の木を指差して教えてくれたのは、サイパンに長く住んでいる日本人のK氏だ。

南洋桜……？

遠くから眺めると枝振りが似ていないこともないが、たわわに咲き乱れる花は毒々しいオレンジ色で、とても桜を連想できるような木ではない。実際、桜の親戚でも何でもなく、一年中花を付けているのだそうだ。

しかし、熱帯のジャングルに放り込まれた日本の兵隊たちの目には、桜の木に映ったのだろう。日本を、故郷を思い起こさせる木だったに違いない。

彼らは時々、南洋桜の下で宴を開いたのだそうだ。きっとみんなで日本の歌を歌い、踊ったのだ。家族のこと、愛する人のことを瞼に浮かべて涙したのではないだろうか。

桜の花の命は、はかないものだ。この地で、花の代わりに何と多くの兵隊たちが散ってしまったことだろう。

K氏の話では、戦争中にジャングルの奥地で怪我をし、地元の人に助けられた日本兵がいたという。そのまま終戦を迎えたその人は、村の女性と結婚し、現地の人としてひっそり暮らしたのだそうだ。昔の戦友が訪ねて来ても絶対に会わなかったという。

日本人であるということを捨て、サイパンで生きてきたその人の目に、南洋桜はどう映っていたのだろうか。そんなことを思うと、強い日差しを浴びて咲くオレンジ色の花が、哀しい色に見えてくるのだった。

日本に春を告げる花、桜。千年も昔から日本人が愛でてきたその木は、魂を宿して今年もまた私たちを魅了することだろう。

五月　ロシア・謎のベッド

柱のきずはおとどしの
五月五日の背くらべ

背が伸びるって、子どもにとってはとても嬉しいこと。私の実家の柱にも、妹と私の背くらべの思い出がくっきり残っている。

こんなに小ちゃかったんだなあ。

古い柱の印をしゃがんで眺めると、何だか不思議な気持ちになる。

大きくなりたい、と願ったせいか私はスクスクと育ち過ぎ、気がついたら百七十センチの長身になっていた。おかげで海外に行くとたいてい驚かれる。

「日本人は小さいはずなのに……!?」

日本人は背が低いという観念は世界に浸透しているようで、田舎に行けば行くほど、そう思い込まれているのだ。

たとえばトルコの内陸部の村では、「あなたは日本人ではないでしょう?」と真顔で質問されたし、フィリピンでは、アメリカ人とのハーフだと勘違いされた。私の顔はどう見ても日本的なのだが、背の高い日本人を納得できないらしい。

さて、家や家具というのはその民族の身長に合わせて自然にサイズが決まってくる。日本の家にアメリカ人が泊まったら、布団から足がはみ出してしまったなんて話があるが、それと同じことを私はアジアの国でよく経験した。壁に掛かっている鏡に向かえば、首から上は映らないし、頭をぶつけないようにいちいち鴨居をくぐらなければならない。

（私、また背が伸びたのかしら……）とギョッとすることが多いのだ。

その反対に、自分が小さくなったように思える国は、ロシアだ。ずいぶん前、初めてモスクワを訪れた時に古い立派なホテルに泊まった。人に押されるようにぞろぞろエレベーターに乗り込んだら、私は人の壁に囲まれていた。みんな大きいのだ。背丈だけではなく、骨格や頭蓋骨もひと回り違う。私の前に立つ女性のお尻は、私の三倍はある。

そういう人たちの使うホテルだから、ドアの取手の位置からして高い。部屋の中にあるソファもたっぷり、バスタブは溺れそうなほど広い。便座も日本のより高く、若干大きめ、お尻がすっぽり入りそうで恐い。

ところが、たったひとつ小さなものがあった。それはベッド。普通のシングルベッドよりかなり幅が狭く、長さも私に丁度いいくらいだ。

このベッドに柄の大きいロシア人が寝たら、身動きできないのではなかろうか——。他人ごとながら心配になった。聞いてみると、昔からそうだから別に不自由はないとのこと。「私たちロシア人は寝返りを打たないからいいのサ」なんて冗談を言われてしまったが、それから十五年以上経ってハバロフスクに行った時も、やはりベッドは小さかった。どうしてなのか――。またまた疑問がぶり返したのだった。

六月　からくり時計の時の流れ

六月十日は「時の記念日」。

といったって、休日になるわけでもなし、お祝いをするでもない。誰もが知っている割に他の記念日に比べると地味な日である。一応は腕時計の針を改めて見て、今日もきちんと時を刻んでくれてるなあ、なんて思ったりするくらいだ。

それにしても、日本は本当に時計が安く買えるようになった。腕時計なら千円しないものでも立派に働くし、置き時計や掛け時計も手頃な値段で種類も豊富だ。

私が初めて腕時計を買ってもらったのは、高校入学の時だった。二十数年前のことで、まだデジタル時計などなかった時代だ。平凡な形の時計で、値段は一万五千円くらいだったと思う。もちろん身につけるものの中では一番高価だった。手首に金属の冷たい感触が心地よくて、急に大人の仲間入りをした気分だった。

その頃、家の居間にあった時計は小ぶりの柱時計だった。短い振子をカチッ、カチッといわせ、一時間毎にボーン、ボーンと時を告げていた。

どこの家にもあったああいう柱時計は、今はもう見なくなった。四半世紀の間に日本の時計は、価値もデザインもガラリと様変わりしてしまったのだ。

ヨーロッパには四半世紀どころか何百年も変わらず愛されている時計がいくつも残っている。

チェコのプラハ、旧市庁舎にある天文時計は、一四一〇年につくられた有名なからくり時計だ。

数々の歴史の舞台となった旧市街広場に、時計は五百年以上変わらぬ姿でそびえていた。見上げると、巨大な文字盤が二つ（カレンダーと球体）ついていて、ほれぼれするほど美しい装飾だ。私が訪れたのは真冬の日曜日だったが、寒い日にもかかわらず、時計の下には大勢の観光客が集まっていた。

私が着いて十分後、午後三時きっかりに時計の鐘が鳴り出した。すると、上の方にある二つの小窓が開いて、キリストの十二使徒の人形が次々に現われては引っ込んでいった。単純な、今の日本のからくり時計とは比べものにならないしかけだ。しかし、十五世紀の人たちは目を丸くして驚いたという。からくり時計は当時の最先端の技術だったのだ。今でいえば三次元ＣＧや、バーチャルリアリティ以上のものだったのだろう。

それだけにこんな話も伝えられている。このからくり時計を作った天才時計士ハヌシュは、その素晴らしい技術が他で使えないようにと、プラハ市の幹部たちによって目をつぶされてしまうのだ。しかし、目の見えなくなったハヌシュは、弟子に手を引かれ点検のためと称して時計に登るや、自分の手で時計を破壊してしまうのだ。針は止まり、人形も動かない。プラハの誇れるからくり時計は、十八世紀になって修理されるまで、時を刻むことはなかったのだ。

そんな伝説を思い時計を見上げていると、本当に時の経つのを忘れてしまうのだった。

今、プラハの旅を思い出すと、ずいぶんゆったりしていたような気がする。

時の流れは不思議だ。この一瞬、五百年前のあのからくり時計の針と、東京のデジタル時計が同じ時を示しているなんて、私は信じられない思いなのである。

七月　一瞬《ひととき》のヴァカンス

海水浴といえば、麦わら帽子にスイカ割り。海岸は人、人、人で熱気を帯びて。海の家のおじさんはステテコ姿でかき氷に赤いシロップをかけてくれたっけ。真っ黒に日焼けした背中の皮がポロポロむけるのが面白かったなあ。夏の海は暑くて賑やかでうるさくて。子どもの頃、海ってそういうものだと思っていた。

ところが高校生の時にある映画を観て、その海のイメージががらりと変わったのだ。

夏の海ってこんなに優雅なの……？

私がため息をついた映画は、ヴィスコンティの「ベニスに死す」だった。

舞台は二十世紀初頭のイタリア、ベニス。そこに出てくる有名な海水浴場のリド島が、何とも美しいのだ。ヨーロッパの上流社会の人々がひと夏を過ごすために訪れるのだが、その服装のエレガントなこと。女性は麻のロングドレスに日傘をさして、男性の水着はランニングのようなワンピースだ。真っ青なアドリア海で少し泳いでは、夏中借りてある板張りのコテージで体を休めるのだ。あくまで優雅に上品に。私たちの、まるで芋洗い状態で遊ぶ庶民的な海とは大違いなのだ。

大人になったら私も映画のような夏のリゾートを楽しみたい、それもリド島で……。そんな風に思ったことさえ忘れていたのが、チャンスが訪れた。リド島に一週間滞在できたのだ。

ホテルの私の部屋からは、スクリーンで見たそのままの浜辺が広がっていた。真っ青な海に白い砂、そこに小さなコテージが点在して、朝になるとホテルの従業員が鮮やかなビーチパラソルを次々に開いていく。仕事の旅だから海水浴をする時間はなかなか取れなかったが、窓からの景色を眺めるだけで私は幸せな気分になっていた。

そして滞在最後の日、運よく午前中自由な時間ができたのだ。私は早速コテージを一日分だけ借りて、浜辺に駆け降りて行った。

白い砂はサラサラと裸足に心地よく、アドリア海に足をつけると、びっくりする程冷たかった。私はコテージの前のデッキチェアに横になって、静かに爽やかな海風を楽しんだ。

これよ、これ。ああ映画みたいだわあ。

私ははるか水平線を眺めてひとりつぶやいた。

――でも、何か物足りない。

登場人物が全く違うのだ。リド島はシーズンが始まったばかりで、人影はまばらだった。こんな時ののんびりできる人たちといえば、そう、ご老人だ。浜辺にいるのはお年寄りばかりなのだった。

デッキチェアに腹バイになったままジッと動かないおばあさんに、砂浜でペタンクという玉投げ遊びに興じる海水パンツのおじいさんたち。洗練されたおしゃれな人々は見当たらない。まして、映画の中に出てきた金髪の巻き毛に抜けるような白い肌の美少年など、いくら待っても現われそうになかった。

それもまあ仕方ないね。

と、私は目を閉じた。ほんの一時間半だったけれど、とにかくあこがれのリゾート気分を満喫できたのだった。

八月　晴れても　降っても

日本の夏は嫌いじゃない。入道雲に蟬しぐれ。風鈴の音色に夏祭りだ。夕方ザーッとひと雨くる気持ちよさ。でも本音を言うと、ムシムシじっとりと暑いのはどうも苦手だ。ついクーラーの効いた部屋に避難して、熱い番茶をいただく方に魅力を感じてしまうのだ。

さわやかな夏を過ごしたい——、とパリに行ってきた。もともと湿気の少ないパリは夏でも過ごしやすい。クーラーが欲しいと思うような日はひと夏に四、五日くらいと聞いていた。

ところが着いてみてびっくり。何とパリも異常気象で連日三十度から三十五度というムシ暑さなのだ。涼やかな風にそよぐはずのマロニエの木々は熱気であえいでいるようだし、石畳の道は太陽の光をこれでもか、と反射している。そこを走る車のほとんどはクーラーが付いていないから、タクシーに乗っても熱地獄だ。

私は急いで大きな麦わら帽子を買い、なるべく日陰伝いに歩くようにした。それでもちょっとの間で汗びっしょりになる。何でパリくんだりまで来て猛暑に遭うの⁉　と泣きたくなった。

フランス人もさぞかしこの暑さには参っているだろうと思ったのだが、実はそうでもないらしい。

日中、町のレストラン（もちろんクーラーはなし）を見ていると、比較的涼しい店内より歩道にはり出して置かれたテーブルの方に人気があるのだ。カンカン照りの席で眩しそうに目を細めながら、ワインを飲みフランスパンをちぎっている。パリ名物のカフェも同様で、みんな外のテーブルでコーヒー片手に太陽に顔を向け、まるで日向ぼっこだ。それが日焼けしたい若者ならわかるが、結構なおじさんやおしゃれなスーツ姿のおばさんたちまでもそうしているのだ。

ヨーロッパの北の方は、年間を通して日照時間が少ないから、太陽が照る時はできるだけ体に浴びておくのが健康法だというようなことを聞いたが、いくら何でもこの暑さでは日射病にかかるのでは、と心配になった。

彼らはよっぽど太陽が好きなのだ、と思うしかない。

そしてどうやら雨も、好きらしい。というのは、滞在中何度か通り雨に遭ったが、ほとんどの人が傘をささないで平気なのだ。ある時シャンゼリゼで急に大粒の雨が降ってきた。ワーッと建物の軒下に駆け込んだのは観光客ばかりで、地元と思われる人たちは、慌てず騒がず、同じ調子で歩いているのである。

これまた一般的に言われていることだが、パリはそう長く雨が降ることがなく、服や髪もすぐ乾くから濡れても心配しない、というのだ。しかし、実際にパリの雨に打たれた私は、湿った洋服がなかなか乾かず、しばらく気持ちが悪かった。やはりパリの人たちは濡れることが嫌いではないんじゃないだろうか――？

太陽も雨も、いいじゃない。粋《いき》なパリジャンやパリジェンヌの生きる姿勢なのかもしれない。

九月　十五夜お月さま何に見える?

秋、夜空が澄んでくるとお月見のいい季節だ。満ちては欠けて、また満ちて。満月は一年に何度もやってくるけれど、中秋の名月はやはり格別。まん丸のお月さまを見上げていると、私でも「風流じゃのう」と雅びな気分になってくる。

昔からお月見には「すすき」と「月見だんご」がつきものだが、お隣りの中国では何と「お月見と月餅《げっぺい》」がセットなのである。

中国の浙江省、杭州にはお月見の名所、西湖《シイフウ》という湖がある。モヤのかかったような穏やかな湖面、岸には柳の葉が揺れる情緒たっぷりの湖で、かつてマルコ・ポーロが杭州を訪れた時、「世界一美しい湖」と讃えたという。この西湖は毎年旧暦の八月十五日になると、大勢の人で賑わうのだ。

日が暮れてくると、色とりどりのイルミネーションに飾られた屋形舟が次々に湖面にくり出し、静かな湖がそれは華やかになってくる。私もある家族の舟に乗せてもらって、お月見を楽しんだ。空にはすでにふっくらとした満月が顔を見せている。

杭州流のお月見は、舟の中で折り詰めのごちそうを囲み、湖をゆっくりと巡りながら月を愛でるのである。

食事が済むと、お待ちかね、月餅がとり出された。お母さんが月餅ひとつを人数分に割り、家族にひとかけらずつ配る。月餅は家族円満のシンボル、分け合って食べることで幸せを分かち合う、という中国古来の風習なのだそうだ。その舟は私も含めて六人乗っていたから、受けとる月餅はほんのひと口分だ。私も幸せのおすそわけを有難くいただいたが、その甘いこと。甘党の私でもひとつ全部は食べられそうになかった。

その頃になると、満月はずんずん空高く上って白さが冴え、お月さまの中のウサギも影がはっきりしてきた。――あ、ウサギが餅をついているというのは日本でのこと。中国では何に見えるのだろうか。尋ねてみると、ヒキガエル、桂の木、それにウサギにも見えるのだそうだ。ただ中国のウサギがついているのは餅ではなく、薬。永遠の命をもたらす仙薬なのだそうだ。

「そしてもうひとつ伝説があります。美女が月に逃げ込んだと言われているんです」

とお父さんが説明してくれた。

前漢の時代から語られている伝説で、不老不死の薬を盗み飲んだ嫦娥姫《じょうがひめ》が仙人になり、飛んで月に入って月の精になった、というのである。

お父さんがホラこれ、と月餅の箱を私に見せた。箱の蓋には「浦島太郎」に出てくる乙姫様のような女性が満月に向かって飛んでゆく絵が描いてある。

へー……と改めて月を見上げてみた。

満月の中にお姫様が、それも美しい月の精がいると思うと、夜空に艶っぽいムードが漂うではないか。

しかしやはり私は日本人。どうしても無邪気なウサギがピョコタン、ピョコタン一生懸命お餅をついているように見えるのだった。

十月　黄金色の小さな葉

海外に出る機会が多く、よく、
と聞かれる。

「何ヵ国行きましたか？」

正確に数えたことはないが、四十ヵ国くらいではないだろうか。その中には日本から三日も四日もかけてたどり着く辺境の地も多いのに、意外に近いところが抜けている。オーストラリア、韓国、台湾はまだ見ぬ国だ。

カナダもそのひとつ。飛行機でひとっ飛びだし、新婚旅行でも人気の高い素敵な国と聞いてるのに、なかなか訪れるチャンスが来ないのだ。

カナダといえばメイプルリーフ。国旗にも使われているかえでの葉は、カナダのシンボルだ。

五年前の秋、知人からカナダみやげにかえでの種をいただいた。

「あんまり紅葉、いや黄葉がきれいだったから、木の下で拾ってきちゃった」

ちょうどシーズンで、見上げるようなかえでの木々は黄金色に輝き、見事だったという。

十粒の種は大木にふさわしく立派なものだった。本当は植物の種は持ち帰ってはいけないのだ。捨てようかとも思ったが、まあどうせ駄目だろうと、テラスの植木鉢にパラパラ蒔いておいた。

しばらくして、忘れた頃に芽吹いているのに気がついた。たった一本だけ、チョコンと緑の芽をのぞかせていたのだ。そして一年後、か細い枝にはちゃんとかえでの形をした葉っぱが出てきたのである。

何てかわいらしいんでしょう。赤ちゃんの手のように、ヒラヒラしているのだ。

このまま飾っておきたいとも思ったが、かえでは植木鉢に収まっているような木ではない。少しでもカナダと気候の似ている土地でと、私は新潟の田舎に住む祖父のところに持って行くことにした。

「おじいちゃん、何たって今にカナダ人のように大きくなるんだからね」

と、畑のナスやトマトを日陰にしない場所に植えて祖父に託したのだった。

祖父は雪の積もる冬には添え木をし、夏の間は虫がつかないように気をつけてくれたらしい。二、三年経った秋に、久しぶりに田舎に行ってみたら、かえでは一メートルにもなっていた。幹はヒョロッとしているが、大地にしっかり根を下ろした姿はもう風格が漂っていた。そして秋風に揺れる小さな葉っぱは、鮮やかに色づいていたのだ。

これがカナダの黄葉の色……。

私は一本のかえでの木から、まだ見たことのないカナダの秋を思い浮かべた。大自然がこの色で染まるのはどんなに美しいことだろう。カナダに行くなら絶対に秋、と私は決めたのだった。

しかし、この葉の色は新潟の田舎の景色ともなかなかよく似あうのだ。今年もそろそろ色づき始める頃、どのくらい大きくなっているか楽しみだ。

十一月　あのボジョレ・ヌーボーは……

毎年十一月の第三木曜日。何の日かはもうほとんどの人が忘れているはず。フランスの今年のぶどうでつくったワイン、ボジョレ・ヌーボーの解禁日だ。

ああそういえば、バブル全盛期の頃は大変なブームだった。レストランばかりでなく、喫茶店でも「ボジョレ・ヌーボー入荷！」と貼り紙が貼ってあったっけ。時差の関係で日本は世界一早くボジョレ・ヌーボーが飲める国だそうで、成田に到着していたワインを、その場で当日の午前零時きっかりに栓を抜き乾杯した、なんてニュースがずいぶん取り上げられていた。国を挙げて大騒ぎしていたあの現象は、一体何だったのだろうか。

とはいえ、実は私もブームに乗せられて、解禁日に合わせてワインの里を訪ねているのである。

ブルゴーニュ地方のワインの中心地、ボーヌという町では毎年十一月にヨーロッパ中からワイン好きが集まる有名なお祭りがある。大きなワイン倉では地元の造り酒屋が自慢のひと樽を持ち寄って、誰でも参加できる試飲会が開かれる。また世界中の仲買人が集まるワイン国際オークションが仰々しく行われる。ここで決まった値段が業界の基準になるという、威厳のあるオークションだ。

さてボジョレ・ヌーボーの解禁日、真夜中の零時に私はとある居酒屋にいた。ここでは毎年グラス一杯のボジョレ・ヌーボーの競りが行われるのだ。「今年の最初の一杯を飲む権利」を競り落とすという遊びだ。

狭い店内は地元の人たちで身動きできないほど混んでいた。十二時、鐘の音を合図に店主が樽から出来たての赤ワインをグラスに注ぎ、それを高く掲げて「五十フランから、さあいくらだ！」と競りが始まった。

「百フラン！」、「二百フラン！」、あちこちから声がかかる。

千フラン、二千フランと値が上がるにつれ、店内は熱くなっていく。お酒を飲みながらの競りだから、みんなとっくに真っ赤な顔だ。

結局、その年は四千フラン（当時十万円）で落札された。グラス一杯のワインが十万円⁉と驚くが、このお金は全額慈善団体に寄付されるのだそうだ。何とも粋《いき》な競りである。

競り落とした男性は、みんなの羨望の眼差しを受けて、満足そうに赤い新酒を飲み干した。ワーッと拍手、そして全員でブルゴーニュ地方に伝わる歌を合唱し、その後はボジョレ・ヌーボーを飲んで祝って、夜が明ける。本当に素敵な一晩だった。

やっぱり本家本元は違う、参りました、と私は思った。地元の生活に根ざしたワインの楽しみ方というか、日本のボジョレ・ヌーボーのブームがひどく薄っぺらに感じられたのだった。

あれから十年、日本では忘れ去られたけれど、あの小さな居酒屋ではワインを愛する地元の人たちによって、今年もグラス一杯の競りが行われるはずである。

十二月　トナカイにお疲れさま！

これは——、トナカイのツノですね。

とロシア人の学者が私に教えてくれた。

夏のシベリア、ツンドラ地帯の大湿原、三百六十度一本の木もない緑の草地で、ロシア人と日本人の合同キャンプをしていた時のことだ。

ほとんど自給自足の生活で、煮炊きのための薪を集めるのが日課だったが、地面におっこちているのは木切れだけではなかった。あざらしの骨やかもめの残骸。トナカイのツノもそのひとつだった。

冬の雪と夏の強い陽差しでトナカイの骨とツノはあまりきれいに残っているとはいえなかった。でも大きな枝を広げたような形は、やっぱりトナカイらしかった。

私はちょっと心が躍った。それまで本物のトナカイを見たことがなかったし、子ども時代のクリスマスを思い出したのだ。

何の日か知らなくても、クリスマスが近づくと町がイルミネーションで華やぎ、ウキウキしたものだった。家ではみんなでツリーの飾りつけをし、小さなプレゼントを用意して。キャンドルの炎が揺れる中で食べるクリスマスケーキの甘くおいしかったこと。クリスマスは他のお祭りより洋風で夢があって、大好きだった。

でも、私はサンタクロースが本当にいると信じているような子ではなかった。ヒゲだらけのおじいさんがパジャマみたいな赤い服を着て来るなんて、それだけで変だ。大人にはだまされないゾ、と見抜いていた。そこまではいいのだが、恥ずかしながら、私はソリを引くトナカイまで想像上の動物だと思い込んでいたのだ。あんな不格好な大きいツノが生えるはずがない。そう自信を持っていたのだ。ずいぶん経って何かの写真でトナカイを見つけた時、私はしばらく声も出なかった。

それからトナカイに会うような機会もなかったのだが、なんとシベリアで、たとえ骨やツノでも本物に出会えたのはうれしかった。

大自然の中で長くキャンプ生活をしていると、なぜか想像力が豊かになるようで、私はツノを見ただけでソリに乗ったサンタが雪原を猛スピードで駆け抜ける姿を思い描いてしまったのだ（サンタなんていないと信じていたくせに）。

ここはベーリング海峡のすぐ近くだ。フィンランドを出発したサンタは、北シベリア低地を通り、ベーリング海峡を渡ってアラスカに行くか、カムチャツカ半島を下って日本列島に来るのが正式ルートだろう。長い旅だ。すると、このツノの持ち主は、クリスマスに間に合うようにと急いでいた途中に脱落したトナカイだろうか。それとも日本の子どもたちにプレゼントを渡した帰り道に力つきたのだろうか。どちらにしても「本当にお疲れさま、ありがとう」と朽ちかけたツノに声をかけてあげたい気持ちになった。真っ白の雪原を行く真っ赤なサンタさんか、シベリアの冬は氷点下四十度にもなる白一色の世界だ。ずいぶんと素敵だろうな……。

私は胸一杯に薪をかかえてどんどん想像力がふくらむのだった。

あとがき

パソコン、ワープロの時代に何て原始的なやり方、と笑われてしまうが、私の原稿書きに必要なのは、HBの鉛筆、消しゴム、コクヨの四百字詰原稿用紙だ。さながら小学生が遠足の作文を書くようで恥ずかしいのだが、今さら変えられなくなってしまった。だから、のろい。手動の鉛筆削りをガリガリいわせ、少し書いてはゴシゴシ消して、また書く。そんな風に、かたつむりが這うがごとく原稿用紙のマスを埋めて、やっと一冊の本になった。バンザーイ、である。

仕事上でのでき事と、日常のさまざまな事と、自分で決めたテーマに縛られてかなり四苦八苦したが、忘れかけていたことをずいぶん思い出した。そして、結構面白く生きてきた自分を発見することができた。たまにふりむいてみるのもいいものである。

集英社の横山さん、新福さん、八代さん、そして私の記憶を呼び覚ます手伝いをしてくれた各分野の友だちに感謝します。

一九九七年　一月　　　　　　星野知子

文庫版あとがき

単行本で出した本が、文庫化される。これはちょっとスリリングだ。何年か前に自分が書いた文章は結構憶えていないもので、「そろそろ文庫にしましょう」と連絡があって、どきっとした。いったいどんなことを書いたんだっけ……？　久しぶりに本棚から本を取り出し、恐る恐る読んでみると、なんだか恥ずかしい。へー、こんなことを思っていたんだ、と他人事のように感じたりもする。

5年前、この本を出版したときのタイトルは「デンデン虫がふりむけば」だった。そのころの私は、どうしてか振り向きたかったようだ。そういうときもある。40歳を迎える前に、少し気持ちの整理をしたくなったのかもしれない。

こうして装い新たに文庫本となるのは、過去の自分が目の前に現れたようで、本音はとても照れくさい。あの当時の私と今の私では、考え方や感じ方も変わっているような気がするけれど……。いや、根っこの部分は同じかな。かたつむり的生き方は変わってはいない。

ただ、あのとき振り向いてからは、ずっと前を向いてきた。だから、タイトルを変えてみた。私はかたつむり好きにしては、雨とは縁が少ない晴れ女だ。屋外で撮影がある日は必ず晴れる。そんなわけで「デンデン むしむし 晴れ女」として、この本は文庫本の仲間入りをする。どうぞ、よろしくお願いします。

さて、この5年で私は何が成長したかといえば、原稿の書き方だ。あのころは、HBの鉛筆と消しゴムでないと書けなかったのに、今ではパソコンで清書できるまでになった。あくまで清書で、下書きはやはり原稿用紙に手書きなのだが、私にとっては、すごいこと。まあ、この程度の進歩では、かたつむり並みののろさかもしれない。

世の中のほうも進歩していて、多少書き換えなければならない部分があったが、ほとんど以前のままにすることにした。文章に出てくる数字や統計的なものは、最新のものに置き換えた。

講談社の小野さん、単行本とはまた違った味わいの本にしてくださって、ありがとうございました。

そうそう、おかげさまで、コレクションのかたつむりは増え続けている。最近は飾り物は置くスペースがなくなったので、なるべく使えるものに限定するようになった。マドラーや、靴べらなど、だんだんマニアックになり、数を増やすことより、いかに変わったものを見つけるかが楽しくなっている。デンデン虫とは一生のおつきあいになりそうだ。

二〇〇二年十月

星野知子

◆本書は、一九九七年二月「デンデン虫がふりむけば」（集英社刊）を改題し、再編成したものです。

JASRAC　出9700291-701

|著者|星野知子　新潟県長岡市生まれ。法政大学社会学部卒業。NHK朝の連続テレビ小説『なっちゃんの写真館』でデビュー。女優だけにとどまらず、報道番組キャスター、ドキュメンタリー番組のリポートなど多方面で活躍する。著書に『トイレのない旅』『子連れババ連れ花のパリ』(ともに講談社文庫)『食べるが勝ち!』(講談社)『パリと小さな美術館』(集英社)などがある。

デンデン むしむし 晴《は》れ女《おんな》

星野知子《ほしのともこ》

講談社文庫
定価はカバーに
表示してあります

2002年11月15日第1刷発行

発行者——野間佐和子
発行所——株式会社 講談社
東京都文京区音羽2-12-21　〒112-8001
電話 出版部 (03) 5395-3510
販売部 (03) 5395-5817
業務部 (03) 5395-3615

Printed in Japan

デザイン—菊地信義
製版——信毎書籍印刷株式会社
印刷——信毎書籍印刷株式会社
製本——加藤製本株式会社

落丁本・乱丁本は購入書店名を明記のうえ、小社書籍業務部あてにお送りください。送料は小社負担にてお取替えします。なお、この本の内容についてのお問い合わせは文庫出版部あてにお願いいたします。

ISBN4-06-273568-7

講談社文庫刊行の辞

二十一世紀の到来を目睫に望みながら、われわれはいま、人類史上かつて例を見ない巨大な転換期をむかえようとしている。

世界も、日本も、激動の予兆に対する期待とおののきを内に蔵して、未知の時代に歩み入ろうとしている。このときにあたり、創業の人野間清治の「ナショナル・エデュケイター」への志を現代に甦らせようと意図して、われわれはここに古今の文芸作品はいうまでもなく、ひろく人文・社会・自然の諸科学から東西の名著を網羅する、新しい綜合文庫の発刊を決意した。

激動の転換期はまた断絶の時代である。われわれは戦後二十五年間の出版文化のありかたへの深い反省をこめて、この断絶の時代にあえて人間的な持続を求めようとする。いたずらに浮薄な商業主義のあだ花を追い求めることなく、長期にわたって良書に生命をあたえようとつとめるところにしか、今後の出版文化の真の繁栄はあり得ないと信じるからである。

同時にわれわれはこの綜合文庫の刊行を通じて、人文・社会・自然の諸科学が、結局人間の学にほかならないことを立証しようと願っている。かつて知識とは、「汝自身を知る」ことにつきていた。現代社会の瑣末な情報の氾濫のなかから、力強い知識の源泉を掘り起し、技術文明のただなかに、生きた人間の姿を復活させること。それこそわれわれの切なる希求である。

われわれは権威に盲従せず、俗流に媚びることなく、渾然一体となって日本の「草の根」をかたちづくる若く新しい世代の人々に、心をこめてこの新しい綜合文庫をおくり届けたい。それは知識の泉であるとともに感受性のふるさとであり、もっとも有機的に組織され、社会に開かれた万人のための大学をめざしている。大方の支援と協力を衷心より切望してやまない。

一九七一年七月

野間省一

三浦光世
三浦綾子　愛に遠くあれど〈夫と妻の対話〉
三浦綾子
星野富弘　銀色のあしあと
宮尾登美子　一絃の琴
宮尾登美子　女のあしおと
宮尾登美子　花のきもの
宮尾登美子　天璋院篤姫(上)(下)
宮尾登美子　東福門院和子《まさこ》の涙
皆川博子　戦国幻野〈新・今川記〉
皆川博子　花櫓
宮本　輝　二十歳《はたち》の火影《ほかげ》
宮本　輝　命の器
宮本　輝　避暑地の猫
宮本　輝　ここに地終わり海始まる(上)(下)
宮本　輝　花の降る午後
宮本　輝　オレンジの壺(上)(下)
宮本　輝　朝の歓び(上)(下)
宮本　輝　ひとたびはポプラに臥す1~6
峰　隆一郎　東京-上野3.6キロの完全犯罪
峰　隆一郎　博多-札幌　見えざる殺人ルート

峰　隆一郎　特急「富士」「はやぶさ」殺人交差
峰　隆一郎　金沢発特急「北陸」殺人連鎖
峰　隆一郎　寝台特急「出雲」消された婚約者
峰　隆一郎　特急「あずさ12号」美しき殺人者
峰　隆一郎　特急「日本海」最果ての殺意
峰　隆一郎　新幹線「のぞみ6号」死者の指定席
峰　隆一郎　新幹線「やまびこ8号」死の個室
峰　隆一郎　寝台特急「瀬戸」鋼鉄の柩
峰　隆一郎　特急「北陸」「富士」個室殺人の接点
峰　隆一郎　寝台特急「さくら」死者の罠
峰　隆一郎　暗殺密書街道
峰　隆一郎　特急「白山」悪女の毒
峰　隆一郎　飛騨高山に死す
宮城谷昌光　侠骨記
宮城谷昌光　春の潮
宮城谷昌光　夏姫春秋(上)(下)
宮城谷昌光　花の歳月
宮城谷昌光　重《ちょう》耳《じ》(全三冊)
宮城谷昌光　春秋の色

宮城谷昌光　介《かい》子《し》推《すい》
宮城谷昌光　孟嘗君　全五冊
宮城谷昌光　春秋の名君
宮城谷昌光他　異色中国短篇傑作大全
水木しげる　コミック昭和史1〈関東大震災~満州事変〉
水木しげる　コミック昭和史2〈満州事変~日中全面戦争〉
水木しげる　コミック昭和史3〈日中全面戦争~太平洋戦争開始〉
水木しげる　コミック昭和史4〈太平洋戦争前半〉
水木しげる　コミック昭和史5〈太平洋戦争後半〉
水木しげる　コミック昭和史6〈終戦から朝鮮戦争〉
水木しげる　コミック昭和史7〈講和から復興〉
水木しげる　コミック昭和史8〈高度成長以降〉
水木しげる　総員玉砕せよ!
水木しげる監修　オフィス妖怪図鑑
水木しげる絵
大泉実成文　水木しげるの妖怪探険〈マレーシア大冒険〉
宮脇俊三　古代史紀行
宮脇俊三　平安鎌倉史紀行
宮脇俊三　全線開通版・線路のない時刻表
宮脇俊三　徳川家康歴史紀行5000キロ

水野麻里　セカンド・ヴァージン症候群
水原秋櫻子編　俳句歳時記
宮部みゆき　ステップファザー・ステップ
宮部みゆき　震える岩〈霊験お初捕物控〉
宮部みゆき　天狗風〈霊験お初捕物控㈡〉
宮子あずさ　看護婦泣き笑いの話
宮子あずさ　看護婦が見つめた人間が死ぬということ
宮子あずさ　内科病棟24時〈生命を愛する看護婦たちの物語〉
みわ明　旅の達人がすすめる名湯・秘湯ベスト500
みつはしちかこ選　カミさん川柳
宮本昌孝　夕立太平記
宮本昌孝　尼首二十万石
宮本昌孝　春風仇討行
宮本昌孝　北斗の銃弾
宮本昌孝　影十手活殺帖
宮城由紀子　部屋を広く使う快適インテリア術
水谷加奈　ON AIR〈女子アナ恋モード、仕事モード〉
宮脇樹里　コルドン・ブルーの青い空〈女ひとり、ロンドン シェフ修行〉
村上龍　限りなく透明に近いブルー

村上龍　海の向こうで戦争が始まる
村上龍　コインロッカー・ベイビーズ(上)(下)
村上龍　アメリカン★ドリーム
村上龍　ポップアートのある部屋
村上龍　走れ！タカハシ
村上龍　愛と幻想のファシズム(上)(下)
村上龍　村上龍全エッセイ〈1976～1981〉
村上龍　村上龍全エッセイ〈1982～1986〉
村上龍　村上龍全エッセイ〈1987～1991〉
村上龍　テニスボーイ・アラウンド・ザ・ワールド
村上龍　超電導ナイトクラブ
村上龍　イビサ
村上龍　長崎オランダ村
村上龍　フィジーの小人
村上龍　368Y Par4 第2打
村上龍　音楽の海岸
村上龍　村上龍料理小説集
村上龍　村上龍映画小説集
村上龍　ストレンジ・デイズ

村上龍・坂本龍一　EV. Café——超進化論
村上龍・山岸隆　「超能力」から「能力」へ
向田邦子　眠る盃
向田邦子　夜中の薔薇
村上春樹　風の歌を聴け
村上春樹　1973年のピンボール
村上春樹　羊をめぐる冒険(上)(下)
村上春樹　カンガルー日和
村上春樹　回転木馬のデッド・ヒート
村上春樹　ノルウェイの森(上)(下)
村上春樹　ダンス・ダンス・ダンス(上)(下)
村上春樹　遠い太鼓
村上春樹　国境の南、太陽の西
村上春樹　やがて哀しき外国語
村上春樹　アンダーグラウンド
村上春樹　スプートニクの恋人
村上春樹・佐々木マキ絵　羊男のクリスマス
村上春樹・糸井重里　夢で会いましょう
村上春樹・文　安西水丸・絵　ふわふわ

U・K・ル＝グウィン 村上春樹訳 空飛び猫
U・K・ル＝グウィン 村上春樹訳 帰ってきた空飛び猫
U・K・ル＝グウィン 村上春樹訳 素晴らしいアレキサンダーと、空飛び猫たち
村上 護編 俳句の達人30人が語る「私の極意」
村田信一 最前線ルポ戦争の裏側〈イスラームはなぜ戦いをやめないのか〉
群ようこ 驚典
向山昌子 アジアへごはんを食べに行こう
森村誠一 人間の証明
森村誠一 忠臣蔵(上)(下)
森村誠一 背徳の詩集
森村誠一 暗黒凶像
森村誠一 殺人の祭壇
森村誠一 夜行列車
森村誠一 暗黒流砂
森村誠一 殺人の花客
森村誠一 ホームアウェイ
森村誠一 殺人の詩集
森村誠一 夕映えの殺意
森村誠一 プラトニック・ラブ・ストーリー 純愛物語

森村誠一 殺人のスポットライト
森村誠一 復讐の花期〈君に白い羽根を返せ〉
森村誠一 殺人プロムナード
森村誠一 流星の降る町〈『星の町』改題〉
森村誠一 青春の神話
森村誠一 死の器(上)(下)
森村誠一 完全犯罪のエチュード
森村誠一 影の祭り
森村誠一 殺意の接点
森村誠一 レジャーランド殺人事件
森村誠一 殺意の逆流
森村誠一 情熱の断罪
森 政弘 「非まじめ」のすすめ
森 瑤子 夜ごとの揺り籠、舟、あるいは戦場
森 瑤子 ミッドナイト・コール
森 瑤子 カフェ・オリエンタル
森 瑤子 美女たちの神話
森 瑤子 親しき仲にも冷却あり
森 瑤子 甲比丹《カピタン》

守 誠 「やり直し英語」成功法
守 誠 「やり直し英語」基礎講座
守 誠 英会話・やっぱり・単語
守 誠 通じる・わかる・英会話〈英会話・やっぱり・単語〉実践編〉
守 誠 ビジネス英語・なるほど・単語
守 誠 大ワザ小ワザ・すぐしゃべれる英会話
毛利恒之 月光の夏
毛利恒之 月光の海
毛利 衛 宇宙実験レポート〈スペースシャトル エンデバーの旅〉
森口 豁 最後の学徒兵〈BC級死刑囚・田口泰正の悲劇〉
森まゆみ 抱きしめる、東京〈町とわたし〉
百田まどか 妻はオイシ過ぎる
百田まどか 出産は忘れたころにやって来る
森田靖郎 東京チャイニーズ〈裏歌舞伎町の流氓たち〉
森田靖郎 新宿幇〈東京チャイニーズ〉
森田靖郎 密航列島
森 博嗣 すべてがFになる〈THE PERFECT INSIDER〉
森 博嗣 冷たい密室と博士たち〈DOCTORS IN ISOLATED ROOM〉
森 博嗣 笑わない数学者〈MATHEMATICAL GOODBYE〉

講談社文庫 目録

森 博嗣 詩的私的ジャック〈JACK THE POETICAL PRIVATE〉
森 博嗣 封印再度〈WHO INSIDE〉
森 博嗣 まどろみ消去〈MISSING UNDER THE MISTLETOE〉
森 博嗣 幻惑の死と使途〈ILLUSION ACTS LIKE MAGIC〉
森 博嗣 夏のレプリカ〈REPLACEABLE SUMMER〉
森 博嗣 今はもうない〈SWITCH BACK〉
森 博嗣 数奇にして模型〈NUMERICAL MODELS〉
森 博嗣 有限と微小のパン〈THE PERFECT OUTSIDER〉
森 博嗣 地球儀のスライス〈A SLICE OF TERRESTRIAL GLOBE〉
森 博嗣 黒猫の三角〈Delta in the Darkness〉
森 博嗣 森博嗣のミステリィ工作室
森枝卓士 私的メコン物語〈食から覗くアジア〉
森 浩美 推定恋愛
諸田玲子 空っ風
森 慶太 2002年版買って得するクルマ 損するクルマ〈新車購入全371台徹底ガイド〉
森福 都 吃《きつ》逆《ぎゃく》
盛川 宏 モリさんの釣果《ちょうか》でごちそう
柳田邦男 ガン回廊の朝《あした》(上)(下)
柳田邦男 ガン回廊の炎(上)(下)

柳田邦男 「人間の時代」への眼差《まなざ》し
柳田邦男 いのち〈8人の医師との対話〉
柳田邦男 この国の失敗の本質
柳田邦男 20世紀は人間を幸福にしたか
柳田邦男 伊勢英子 はじまりの記憶
山田風太郎 戦中派不戦日記
山田風太郎 婆沙羅
山田風太郎 甲賀忍法帖〈山田風太郎忍法帖①〉
山田風太郎 忍法忠臣蔵〈山田風太郎忍法帖②〉
山田風太郎 伊賀忍法帖〈山田風太郎忍法帖③〉
山田風太郎 忍法八犬伝〈山田風太郎忍法帖④〉
山田風太郎 くノ一忍法帖〈山田風太郎忍法帖⑤〉
山田風太郎 魔界転生(上)(下)〈山田風太郎忍法帖⑥⑦〉
山田風太郎 江戸忍法帖〈山田風太郎忍法帖⑧〉
山田風太郎 柳生忍法帖(上)(下)〈山田風太郎忍法帖⑨⑩〉
山田風太郎 風来忍法帖〈山田風太郎忍法帖⑪〉
山田風太郎 かげろう忍法帖〈山田風太郎忍法帖⑫〉
山田風太郎 野ざらし忍法帖〈山田風太郎忍法帖⑬〉
山田風太郎 忍法関ヶ原〈山田風太郎忍法帖⑭〉

山村美紗 葉煙草《シガリロ》の罠
山村美紗 ガラスの棺
山村美紗 三十三間堂の矢殺人事件
山村美紗 ヘアデザイナー殺人事件
山村美紗 京都新婚旅行殺人事件
山村美紗 京都愛人旅行殺人事件
山村美紗 京都再婚旅行殺人事件
山村美紗 大阪国際空港殺人事件
山村美紗 小京都連続殺人事件
山村美紗 グルメ列車殺人事件
山村美紗 天の橋立殺人事件
山村美紗 紫水晶殺人事件
山村美紗 愛の立待岬
山村美紗 山陽路殺人事件
山村美紗 ブラックオパールの秘密
山村美紗 花嫁は容疑者
山村美紗 平家伝説殺人ツアー
山村美紗 卒都婆小町が死んだ
山村美紗 伊勢志摩殺人事件

2002年9月15日現在